TIC-TAC DE OZ

L. FRANK BAUM
TIC-TAC DE OZ

Tradução
Ana Brandão

Principis

Esta é uma publicação Principis, selo exclusivo da Ciranda Cultural
© 2022 Ciranda Cultural Editora e Distribuidora Ltda.

Traduzido do original em inglês
Tik-tok of Oz

Texto
L. Frank Baum

Editora
Michele de Souza Barbosa

Tradução
Ana Brandão

Preparação
Otacílio Palareti

Revisão
Agnaldo Alves

Produção editorial
Ciranda Cultural

Diagramação
Linea Editora

Design de capa
Edilson Andrade

Imagens
welburnstuart/Shutterstock.com;
Juliana Brykova/Shutterstock.com;
shuttersport/Shutterstock.com

Dados Internacionais de Catalogação na Publicação (CIP) de acordo com ISBD

B347t	Baum, L. Frank
	Tic-Tac de Oz / L. Frank Baum ; traduzido por Ana Brandão. - Jandira, SP : Principis, 2022.
	192 p. ; 15,50cm x 22,60cm. (Terra de Oz ; v. 8).
	Título original: Tik-tok of Oz
	ISBN: 978-65-5552-664-6
	1. Literatura americana. 2. Fantasia. 3. Mágica. 4. Amizade. 5. Literatura estrangeira. I. Brandão, Ana. II. Título.
2022-235	CDD 810
	CDU 821.111(73)

Elaborado por Lucio Feitosa - CRB-8/8803

Índice para catálogo sistemático:
1. Literatura americana : 810
2. Literatura americana : 821.111(73)

1ª edição em 2022
www.cirandacultural.com.br
Todos os direitos reservados.
Nenhuma parte desta publicação pode ser reproduzida, arquivada em sistema de busca ou transmitida por qualquer meio, seja ele eletrônico, fotocópia, gravação ou outros, sem prévia autorização do detentor dos direitos, e não pode circular encadernada ou encapada de maneira distinta daquela em que foi publicada, ou sem que as mesmas condições sejam impostas aos compradores subsequentes.

Esta obra reproduz costumes e comportamentos da época em que foi escrita.

*A Louis F. Gottschalk,
cujas doces e delicadas melodias
demonstram o real espírito da
terra das fadas,
dedico afetuosamente este livro.*

SUMÁRIO

Aos meus leitores 9

O exército de Ann 11

Saindo de Oogaboo 19

A magia mistifica os marchantes 21

Betsy enfrenta a tormenta 29

As rosas repudiam os refugiados 32

O Homem-Farrapo procura o irmão desaparecido 36

A penosa provação de policromia 46

Tic-Tac enfrenta uma árdua tarefa 56

A raiva de Ruggedo é irrefletida e inconsequente 66

Um tombo terrível pelo tubo 76

A famosa sociedade das fadas 85

A adorável dama da luz 91

O julgamento justo de Jinjin 96

O ouvidor de orelhas compridas aprende ouvindo 106

O dragão desafia o perigo 113

O nomo malvado 119

Uma transformação trágica 126

Uma conquista inteligente 136

Rei Kaliko 142

Quox sai silenciosamente 149

Um irmão tímido 155

Beijos gentis.. 164

A mudança de Ruggedo... 173

Dorothy está felicíssima... 177

A terra do amor 185

AOS MEUS LEITORES

O evidente sucesso do meu livro de fadas do ano passado *A Menina dos Retalhos de Oz*, convenceu-me de que as histórias de Oz são as "mais preferidas de todas", de acordo com o que uma garotinha, dentre meus leitores, escreveu-me. Então aqui, meus caros, está uma nova história de Oz, na qual apresentamos Ann Soforth, a rainha de Oogaboo, a quem Tic-Tac ajudou a conquistar nosso velho conhecido, o rei Nomo. Ela também conta a história de Betsy Bobbin e como, depois de muitas aventuras, ela finalmente chegou à maravilhosa Terra de Oz.

Existe uma peça chamada *The Tik-Tok Man of Oz*, mas não é como esta história do *Tic-Tac de Oz*, apesar de algumas aventuras registradas neste livro, assim como aquelas em vários outros livros de Oz, estarem inclusas na peça. Aqueles que assistiram à peça e aqueles que leram os outros livros de Oz encontrarão nesta história vários personagens estranhos e aventuras que nunca ouviram antes.

Nas cartas que recebo das crianças há um apelo urgente para que eu escreva uma história que leve Trot e o Capitão Bill[1] para a Terra de Oz, onde

---
[1] Personagens de outra série de livros do autor. (N.T.)

eles encontrarão Dorothy e Ozma. Elas também acham que Botão-Brilhante deveria conhecer Ojo, o Sortudo. Como sabem, sou obrigado a discutir esses assuntos com Dorothy pelo "sem fio", já que é a única forma de me comunicar com a Terra de Oz. Quando perguntei a ela sobre essa ideia, ela respondeu: "Ora, não ficou sabendo? Eu disse que não. Bem", veio a mensagem pelo sem fio, "vou contar-lhe tudo logo mais, e você poderá escrever um livro com essa história para as crianças".

Então, se Dorothy mantiver sua palavra e eu puder escrever outro livro de Oz, você provavelmente vai descobrir como todos esses personagens juntaram-se na famosa Cidade das Esmeraldas. Enquanto isso, quero dizer a todos os meus amiguinhos, cujos números aumentam aos milhares todo ano, que sou muito agradecido à preferência que têm mostrado por meus livros e às suas cartinhas maravilhosas que recebo constantemente. Tenho quase certeza de que tenho tantos amigos entre as crianças dos Estados Unidos quanto qualquer outro escritor de histórias ainda vivo; e, com certeza, isso me deixa muito orgulhoso e feliz.

L. Frank Baum
OZCOT, HOLLYWOOD
CALIFÓRNIA, ESTADOS UNIDOS, 1914

O EXÉRCITO DE ANN

– Não vou! – gritou Ann. – Não vou varrer o chão. Está abaixo da minha dignidade.

– Alguém tem que varrer – respondeu sua irmã mais nova, Salye –, senão em breve estaremos vivendo na poeira. E você é a mais velha e a chefe da casa.

– Sou a rainha de Oogaboo – disse Ann com muito orgulho. – Mas – acrescentou com um suspiro – meu reino é o menor e mais pobre de toda a Terra de Oz.

Isso era bem verdade. Lá longe nas montanhas, em um canto escondido da bela Terra das Fadas de Oz, fica um pequeno vale, cujo nome é Oogaboo, e nesse vale moravam poucas pessoas, que geralmente eram felizes e satisfeitas e nunca tiveram vontade de transpor a montanha para as partes mais povoadas da terra. Eles sabiam que toda a Oz, incluindo o território deles, era governada por uma bela princesa chamada Ozma, que vivia na esplêndida Cidade das Esmeraldas; ainda assim, o povo simples de Oogaboo nunca visitara Ozma. Eles tinham sua própria família real: não exatamente para governá-los, mas como uma questão de orgulho. Ozma permitia que as variadas partes de seu país tivessem seus reis, rainhas, imperadores e coisas assim, mas todos eles eram governados pela adorável menina rainha da Cidade das Esmeraldas.

O rei de Oogaboo sempre fora um homem chamado Jol Jemkiph Soforth, que por muitos anos fez todo o trabalho enfadonho de decidir disputas e dizer aos seus súditos quando plantar repolhos e fazer as conservas de cebola. Mas a esposa dele tinha uma língua ferina e pouco respeito pelo rei, seu marido; portanto, uma noite o rei Jol esgueirou-se pela passagem para a Terra de Oz e desapareceu de Oogaboo por todo o sempre. A rainha esperou alguns anos por seu retorno e então saiu em busca dele, deixando sua filha mais velha, Ann Soforth, como rainha regente.

Agora, Ann não se esquecia quando chegava seu aniversário, já que significava uma festa com banquete e muita dança, mas ela se esquecera quantos anos os aniversários representavam. Em uma terra onde as pessoas vivem para sempre, isso não é um motivo para lamentar-se, então vamos simplesmente dizer que a rainha Ann de Oogaboo já tinha idade o suficiente para fazer geleia, e deixar por isso mesmo.

Mas ela não fazia geleia, ou qualquer serviço de casa, se conseguisse evitar. Ela era uma mulher ambiciosa e ressentia-se constantemente do fato de seu reino ser tão minúsculo e seu povo ser tão estúpido e tão sem iniciativa. Ela muitas vezes ficava imaginando o que teria acontecido com seus pais, lá além da passagem, na maravilhosa Terra de Oz. E o fato de eles não terem voltado para Oogaboo fazia Ann suspeitar de que eles encontraram um lugar melhor para viver. Então, quando Salye recusou-se a varrer o chão da sala de estar do palácio, e Ann também não iria varrê-lo, ela disse a sua irmã:

– Vou-me embora. Este absurdo Reino de Oogaboo me cansa.

– Vá, se quiser – respondeu Salye –, mas é muita tolice sua ir embora deste lugar.

– Por quê? – perguntou Ann.

– Porque na Terra de Oz, que é o país de Ozma, você será uma ninguém, enquanto aqui é uma rainha.

– Ah, sim! Reinando sobre dezoito homens, vinte e sete mulheres e quarenta e quatro crianças! – retrucou Ann amargamente.

– Bem, certamente há mais pessoas do que isso na grande Terra de Oz – riu Salye. – Por que você não junta um exército e os conquista, tornando-se assim a rainha de toda a Oz? – perguntou ela, tentando provocar Ann e deixá-la irritada. Então, fez uma careta para sua irmã e foi para o quintal balançar-se na rede.

Entretanto, suas palavras zombeteiras deram uma ideia a Ann. Ela refletiu que Oz era descrito como um país pacífico, e Ozma como uma simples garota que governava a todos com gentileza e era obedecida porque seu povo a amava. Mesmo em Oogaboo contava-se a história de que o único exército de Ozma consistia em vinte e sete ótimos oficiais, que vestiam lindos uniformes, mas não portavam armas, porque não havia ninguém contra quem lutar. Houvera uma vez um soldado comum, além dos oficiais, mas Ozma o transformou em capitão-general e tirou-lhe a arma por medo de que machucasse alguém por acidente.

Quanto mais Ann pensava no assunto, mais ela se convencia de que seria fácil conquistar a Terra de Oz e se estabelecer como regente no lugar de Ozma, se apenas tivesse um exército com o qual pudesse fazer isso. Posteriormente, poderia sair conquistando outras terras pelo mundo, e talvez poderia encontrar um caminho para a Lua e conquistá-la. Ela tinha um espírito guerreiro que preferia a confusão à ociosidade.

Tudo dependia de um exército, Ann decidiu. Ela contou em sua cabeça, cuidadosamente, todos os homens de seu reino. Sim; havia exatamente dezoito deles, no total. Isso não seria um exército muito grande, mas se surpreendessem os oficiais desarmados de Ozma, seus homens poderiam facilmente dominá-los. "Pessoas gentis sempre têm medo das barulhentas", disse Ann a si mesma. "Não quero derramamento de sangue, pois isso me deixaria nervosa e eu poderia até desmaiar; mas se os ameaçarmos e mostrarmos nossas armas, tenho certeza de que o povo de Oz ficará de joelhos e se renderá diante de mim."

Esse argumento, que ela repetiu a si mesma mais de uma vez, finalmente determinou que a rainha de Oogaboo concretizaria sua aventura audaciosa.

"Independentemente do que acontecer", refletiu ela, "nada pode me deixar mais infeliz do que ficar enfiada neste vale miserável, varrendo o chão e brigando com minha irmã Salye; então vou arriscar tudo e ganhar o que der."

Naquele mesmo dia ela começou a organizar seu exército.

O primeiro homem que encontrou foi Jô Maçãs, que era chamado assim por ter um pomar de maçãs.

– Jô – disse Ann –, vou conquistar o mundo e quero que faça parte do meu exército.

– Não me peça para fazer uma tolice dessas, pois devo me recusar com muita gentileza, Vossa Majestade – disse Jô Maçãs.

– Não tenho a menor intenção de pedir. Como rainha de Oogaboo, vou ordená-lo a fazê-lo – disse Ann.

– Nesse caso, suponho que devo obedecer – o homem observou com uma voz triste. – Mas imploro que considere o quanto sou um cidadão importante e, por esse motivo, devo ter uma patente alta.

– Você será um general – prometeu Ann.

– Com dragonas douradas e uma espada? – perguntou.

– Mas é claro – disse a rainha.

Então ela foi até o próximo homem, cujo nome era Jô Pãezinhos, já que era o dono de um pomar onde pãezinhos brancos e integrais cresciam em árvores em uma grande variedade, quentes e frios.

– Jô – disse Ann –, vou conquistar o mundo e ordeno que faça parte do meu exército.

– Impossível! – exclamou ele – Os pãezinhos precisam ser colhidos.

– Sua esposa e seus filhos podem cuidar da colheita – disse Ann.

– Mas sou um homem de muita importância, Vossa Majestade – protestou ele.

– E por esse motivo será um dos meus generais e usará um bicorne com detalhes dourados, enrolará seus bigodes e andará com uma espada comprida – prometeu ela.

Então ele consentiu, apesar de claramente ser contra sua vontade, e a rainha continuou em direção à próxima casa. Ali vivia Jô Casquinhas, chamado assim porque as árvores de seu pomar davam excelentes casquinhas de sorvete.

– Jô – disse Ann –, vou conquistar o mundo e você deve juntar-se ao meu exército.

– Peço que me dispense, por favor – disse Jô Casquinhas. – Sou um péssimo lutador. Minha boa mulher me conquistou anos atrás, pois luta melhor que eu. Leve-a, Vossa Majestade, em vez de mim, e ficarei muito agradecido pela gentileza.

– Este exército deve ser formado por homens; guerreiros fervorosos e ferozes – declarou Ann, olhando seriamente para o homenzinho tranquilo.

– E vai deixar minha esposa aqui em Oogaboo? – perguntou ele.

– Sim; e vou torná-lo um general.

– Então irei – disse Jô Casquinhas, e Ann seguiu em frente para a casa de Jô Relógios, que tinha um pomar de árvores-relógio. Esse homem a princípio insistiu que não se juntaria ao exército, mas a promessa da rainha Ann de torná-lo um general finalmente garantiu seu consentimento.

– Há quantos generais em seu exército? – perguntou ele.

– Até agora, quatro – respondeu Ann.

– E qual será o tamanho desse exército?

– Minha intenção é de fazer todos os dezoito homens de Oogaboo se juntarem-se ao exército – disse ela.

– Então quatro generais são o suficiente – declarou Jô Relógios. – Aconselho a transformar os demais em coronéis.

Ann tentou seguir seu conselho. Os próximos quatro homens que ela visitou (Jô Ameixas, Jô Ovos, Jô Banjos e Jô Queijos, chamados assim por causa das árvores em seus pomares) foram transformados em coronéis de seu exército; mas o quinto, Jô Pregos, disse que coronéis e generais já eram comuns demais no Exército de Oogaboo e preferia ser um major. Assim, Jô Pregos, Jô Bolos, Jô Presuntos e Jô Meias, todos viraram majores, enquanto os outros quatro, Jô Sanduíches, Jô Cadeados, Jô Sorvetes e Jô Botões, foram nomeados capitães do exército.

Mas agora a rainha Ann estava em um dilema. Só restavam dois outros homens em toda a Oogaboo, e se eles virassem tenentes, enquanto havia quatro capitães, quatro majores, quatro coronéis e quatro generais, provavelmente haveria inveja em seu exército, e talvez motins e deserções.

Um desses homens, entretanto, era Jô Doces, e ele não queria ir de forma nenhuma. Nenhuma promessa o tentava, nem ameaças o convenciam. Ele disse que precisava ficar em casa para colher suas balas de menta, balas de limão, bombons e caramelos. Ele também tinha enormes campos de pipoca doce e amanteigada para cortar e debulhar, e ele estava decidido a não desapontar as crianças de Oogaboo indo embora para conquistar o mundo e deixar a colheita de doces estragar.

Vendo que Jô Doces estava tão obstinado, a rainha Ann deixou que ele fizesse as coisas do jeito dele e continuou sua jornada até a casa do décimo oitavo e último homem em Oogaboo, que era um jovem rapaz chamado Jô Arquivos. Esse Arquivos tinha doze árvores que davam arquivos de aço de vários tipos; mas ele também tinha nove árvores-livro, onde cresciam uma variedade de livros de histórias. Caso nunca tenha visto livros crescendo em árvores, vou explicar que esses do pomar de Jô Arquivos ficavam envoltos em cascas verdes que, quando os livros estavam completamente maduros, ficavam de um vermelho bem escuro. Então, os livros eram colhidos, descascados e estavam prontos para serem lidos. Se fossem colhidos muito cedo, as histórias acabavam ficando confusas e pouco interessantes, com vários erros de ortografia. Mas se fossem deixados para amadurecer perfeitamente, as histórias eram uma ótima leitura e a gramática e a ortografia eram excelentes.

Arquivos dava seus livros de graça aos que queriam, mas as pessoas de Oogaboo não ligavam muito para eles, então ele mesmo acabava lendo a maioria deles antes que estragassem. Pois, como você provavelmente já sabe, assim que os livros eram lidos, as palavras desapareciam e as folhas murchavam e sumiam, o que é a pior parte dos livros que crescem em árvores.

Quando a rainha Ann falou com esse jovem Arquivos, que era inteligente e ambicioso, ele disse pensar que seria extremamente divertido conquistar o mundo. Mas ele chamou sua atenção ao fato de que era bem superior aos outros homens do seu exército. Portanto, ele não seria um de seus generais, ou coronéis, ou majores, ou capitães, mas reivindicaria a honra de ser o único soldado comum.

Ann não gostou nada dessa ideia.

– Odeio ter um soldado comum em meu exército – disse ela –; eles são tão sem graça. Fiquei sabendo que a princesa Ozma já teve um soldado, mas o transformou em seu capitão-general, o que é prova suficiente de que o soldado não era necessário.

– O exército de Ozma não luta – respondeu Arquivos –, mas seu exército deve lutar com toda a fúria para conquistar o mundo. Eu li em meus livros que são sempre os soldados comuns que vão à luta, pois nenhum oficial tem coragem o suficiente para enfrentar o inimigo. Além disso, é apenas razoável que seus oficiais tenham alguém para comandar e dar suas ordens; portanto, eu serei essa pessoa. Minha vontade é acertar e matar o inimigo e me tornar um herói. Assim, quando voltarmos a Oogaboo, pegarei todas as bolinhas de gude das crianças e as derreterei para fazer uma estátua colorida minha para que todos olhem e admirem.

Ann ficou muito satisfeita com o soldado Arquivos. Ele realmente parecia ser o guerreiro de que ela precisava para sua aventura, e suas esperanças de ser bem-sucedida aumentaram ainda mais quando Arquivos disse a ela que sabia onde havia uma árvore de armas e que iria lá imediatamente colher o maior e mais maduro mosquete que estivesse nela.

SAINDO DE OOGABOO

Três dias mais tarde, o Grande Exército de Oogaboo reuniu-se na praça em frente ao palácio real. Os dezesseis oficiais estavam vestidos com uniformes belíssimos e portavam espadas afiadas e brilhantes. O soldado escolheu sua arma e, apesar de ela não ser muito grande, Arquivos tentava parecer feroz, e foi tão bem-sucedido que todos os oficiais estavam secretamente com medo dele.

As mulheres estavam lá, protestando que a rainha Ann Soforth não tinha direito algum de tomar o marido de cada uma delas e os pais; mas Ann ordenou que elas fizessem silêncio, e essa foi a ordem mais difícil de obedecer que elas receberam na vida.

A rainha apareceu diante de seu exército com um imponente uniforme verde, coberto com torçais dourados. Ela usava um quepe verde enfeitado com uma pluma roxa, e parecia tão nobre e respeitável, que todos em Oogaboo, exceto o exército, estavam felizes por ela também ir. O exército preferia que ela fosse sozinha.

– Formem fileiras! – gritou ela com sua voz aguda.

Salye inclinou-se para fora da janela do palácio e riu.

– Acho que seu exército consegue fugir melhor do que lutar – disse ela.

– É claro – respondeu o General Pãezinhos, com muito orgulho. – Não estamos procurando problemas, sabe, e sim despojos. Quanto mais despojos e menos luta tivermos, mais gostaremos do nosso trabalho.

– Quanto a mim – disse Arquivos –, eu prefiro guerra e carnificina a qualquer outra coisa. A única forma de se tornar um herói é a conquista, e todos os livros de histórias dizem que o caminho mais curto para a conquista é a luta.

– É essa a ideia, meu bom homem corajoso! – concordou Ann. – Lutar é conquistar, e conquistar é garantir os despojos, e garantir os despojos é tornar-se herói. Com uma determinação tão nobre assim de me apoiar, o mundo será meu! Adeus, Salye. Quando voltarmos seremos ricos e famosos. Venham, generais; vamos marchar.

Com o comando, os generais arrumaram a postura e estufaram o peito. E então giraram as espadas em rápidos círculos brilhantes e gritaram para os coronéis:

– Marchem em frente!

E então os coronéis repetiram a ordem para os majores, e os majores a repetiram para os capitães, e os capitães gritaram para o soldado:

– Marche em frente!

E então Arquivos pôs sua arma no ombro e começou a marchar, e todos os outros oficiais o seguiram. A rainha Ann fechava o cortejo, regozijando-se com seu nobre exército e perguntando-se por que não tinha decidido conquistar o mundo há mais tempo.

A procissão marchou nessa ordem saindo de Oogaboo e atravessou a estreita passagem pela montanha que levava diretamente para a adorável Terra das Fadas de Oz.

A MAGIA MISTIFICA OS MARCHANTES

    A princesa Ozma não fazia ideia de que o Exército de Oogaboo, liderado por sua rainha ambiciosa, estava determinado a conquistar seu reino. A bela menina, governante de Oz, estava ocupada com o bem-estar de seus súditos e não tinha tempo para pensar em Ann Soforth e seus planos desleais. Mas havia alguém que protegia constantemente a paz e a felicidade da Terra de Oz, e esse alguém era a Bruxa Oficial do Reino, Glinda, a Boa.

    Em seu magnífico castelo, que fica muito ao norte da Cidade das Esmeraldas onde fica a corte de Ozma, Glinda tem um maravilhoso livro de registros mágico, em que estão impressos todos os eventos que acontecem em qualquer lugar, imediatamente assim que ocorrem.

    As menores e maiores coisas estão todas registradas nesse livro. Se uma criança sai pisando com raiva, Glinda lê sobre isso; se uma cidade pega fogo, Glinda encontra o fato escrito em seu livro.

A feiticeira sempre lê seu livro de registros todo dia, e foi assim que soube que Ann Soforth, rainha de Oogaboo, tolamente reunira um exército com dezesseis oficiais e um soldado e que pretendia invadir e conquistar a Terra de Oz com esse exército.

Não havia risco algum, a não ser o de Ozma, apoiada pelas artes mágicas de Glinda, a Boa e o poderoso Mágico de Oz, ambos grandes amigos dela, poder derrotar um exército muito mais imponente do que o de Ann; mas seria uma pena que a paz em Oz fosse interrompida por qualquer tipo de conflito ou luta. Assim, Glinda nem sequer mencionou o problema para Ozma, ou para qualquer outra pessoa. Ela simplesmente foi até a grande câmara do seu castelo, conhecida como Sala Mágica, onde executou uma cerimônia mágica que fez com que a passagem pela montanha, que vinha de Oogaboo, desse voltas e mais voltas. O resultado foi que quando Ann e seu exército chegaram ao fim da passagem, eles não estavam de forma alguma na Terra de Oz e sim em um território adjacente que era bastante diferente das terras de Ozma e separado de Oz por uma barreira invisível.

À medida que as pessoas de Oogaboo emergiam nesse país, a passagem que eles atravessaram desaparecia atrás deles, e era provável que nunca mais encontrassem seu caminho de volta para o vale de Oogaboo. De fato, eles estavam confusos com os arredores e não sabiam que direção tomar. Nenhum deles jamais visitara Oz, então levaram algum tempo para descobrir que não estavam lá e sim em um país desconhecido.

– Não importa – disse Ann tentando esconder sua decepção. – Saímos para conquistar o mundo e essa é uma parte dele. Com o tempo, enquanto continuamos em nossa jornada vitoriosa, sem dúvida chegaremos a Oz; mas, até chegarmos lá, podemos muito bem conquistar quaisquer terras por onde passarmos.

– Já conquistamos esse lugar, Vossa Majestade? – perguntou ansiosamente o major Bolos.

– Com toda a certeza – disse Ann. – Não encontramos pessoa alguma, até agora, mas quando encontrarmos, vamos informá-los de que são nossos escravos.

– E depois vamos despojá-los de todas as suas posses – acrescentou o general Maçãs.

– Eles podem não ter coisa alguma – observou o soldado Arquivos –; mas espero que lutem contra nós do mesmo jeito. Uma conquista pacífica não teria a menor graça.

– Não se preocupe – disse a rainha. – Nós podemos lutar, quer nossos inimigos lutem ou não; e talvez seja mais confortável para nós se o inimigo render-se rapidamente.

Era um país árido e não muito agradável viajar por ali. Além disso, havia pouca coisa para eles comerem, e à medida que os oficiais foram ficando com fome, também foram ficando inquietos. Muitos teriam deserdado se conseguissem achar o caminho de volta para casa, mas já que os oficiais de Oogaboo estavam perdidos em um país estranho, acharam mais seguro manterem-se juntos do que separados.

O temperamento da rainha Ann, que nunca foi muito fácil de lidar, ficou cortante e irritadiço enquanto ela e seu exército atravessavam as estradas pedregosas, sem encontrar pessoas ou despojos. Ela esbravejou com seus oficiais até eles ficarem ranzinzas, e alguns deles foram desleais o suficiente para pedir que ela ficasse calada. Outros começaram a reprová-la por liderá-los para dificuldades, e no espaço de três dias muito infelizes, todos os homens estavam de luto por seus pomares no belo vale de Oogaboo.

Entretanto, Arquivos provou ser de um tipo diferente. Quanto mais dificuldades ele encontrava, mais alegre ficava, e os suspiros dos oficiais eram respondidos pelo assovio alegre do soldado. Sua disposição agradável foi muito responsável para encorajar a rainha Ann, e em pouco tempo ela começou a consultar o soldado comum com mais frequência do que seus superiores.

Foi no terceiro dia da peregrinação que encontraram sua primeira aventura. Perto do fim da tarde, o céu ficou escuro subitamente, e o major Pregos exclamou:

– Está vindo uma névoa em nossa direção.

– Não acho que seja uma névoa – respondeu Arquivos, olhando com interesse para nuvem que se aproximava. – Para mim se parece mais com a respiração de um Rak.

– O que é um Rak? – perguntou Ann, olhando com medo ao seu redor.

– Uma besta terrível com um apetite pior ainda – respondeu o soldado, ficando um pouco mais pálido que de costume. – Eu nunca vi um Rak, com certeza, mas li sobre eles nos livros de histórias que cresciam no meu pomar, e se esse for mesmo um desses monstros assustadores, provavelmente não vamos conquistar o mundo.

Ao ouvir isso, os oficiais ficaram bastante preocupados e aproximaram-se do soldado.

– Como é essa coisa? – perguntou um deles.

– A única imagem de um Rak que vi em um livro era bastante embaçada – disse Arquivos –, porque o livro ainda não estava bem maduro quando foi colhido. Mas a criatura pode voar pelos ares, correr como um cervo e nadar como um peixe. Dentro do seu corpo há uma fornalha de fogo brilhante, e o Rak inspira ar e expira fumaça, o que escurece o céu por milhas ao seu redor, por onde que ele vá. É maior que uma centena de homens e se alimenta de qualquer coisa viva.

Agora os oficiais começaram a gemer e tremer, mas Arquivos tentou alegrá-los dizendo:

– Pode nem ser um Rak que vemos aproximando-se de nós, no fim das contas, e vocês não devem se esquecer de que nós, pessoas de Oogaboo, que é parte da Terra das Fadas de Oz, não podemos ser mortos.

– Mesmo assim – disse o capitão Botões –, se o Rak nos pegar e nos mastigar em pedaços bem pequenos e nos engolir, o que acontecerá então?

– Então cada pedacinho ainda continuará vivo – declarou Arquivos.

– Não consigo entender como isso nos ajudaria – reclamou o coronel Banjos. – Um hambúrguer continua sendo um hambúrguer, estando ou não vivo.

– Eu lhes digo, pode não ser um Rak – persistiu Arquivos. – Vamos saber, quando a nuvem aproximar-se, se é a respiração de um Rak ou não. Se não tiver cheiro algum, provavelmente é uma névoa; mas se tiver um odor de sal e pimenta, é um Rak e teremos que nos preparar para uma luta desesperada.

Todos eles observavam a nuvem escura com bastante medo. Em pouco tempo, ela alcançou o grupo amedrontado e começou a envolvê-los. Todos eles cheiraram a nuvem. E todos detectaram nela o odor de sal e pimenta.

– O Rak! – gritou o soldado Arquivos, e com um uivo de desespero, os dezesseis oficiais jogaram-se ao chão, contorcendo-se e gemendo de angústia. A rainha Ann sentou-se em uma pedra e encarou a nuvem com mais bravura, apesar de seu coração estar batendo muito rápido. Quanto a Arquivos, ele calmamente carregou sua arma e se posicionou pronto para combater o inimigo, como um soldado faria.

Eles estavam agora na escuridão absoluta, já que a nuvem cobria o céu, e o sol poente estava preto como o carvão. E então, de dentro da escuridão, surgiram duas bolas redondas de um vermelho brilhante, e Arquivos imediatamente decidiu que esses deviam ser os olhos do monstro.

Ele levantou sua arma, mirou e atirou.

Havia várias balas na arma, todas colhidas de uma excelente árvore de balas em Oogaboo, e eram bem grandes e duras. Elas voaram em direção ao monstro e o acertaram, e com um grito estranho e selvagem, o Rak desabou tremulando, e seu enorme corpo caiu bem em cima dos dezesseis oficiais, que nesse momento gritaram ainda mais alto do que antes.

– Raios! – gemeu o Rak. – Está vendo o que fez com essa sua arma perigosa!

– Não consigo ver – respondeu Arquivos –, pois a nuvem que a sua respiração formou escurece minha visão.

– Não me diga que foi um acidente – continuou o Rak, repreensivo, enquanto ainda batia suas asas de uma forma indefesa. – Não diga que não sabia que a arma estava carregada!

– Não pretendo fazer isso – respondeu Arquivos. – As balas machucaram muito você?

– Uma quebrou minha mandíbula, por isso não consigo abrir minha boca. Vai perceber que minha voz parece bastante áspera e rouca, porque preciso falar com meus dentes bem fechados. Outra bala quebrou minha asa esquerda, então não consigo voar; mais uma quebrou minha perna direita, e não consigo andar. Foi o tiro mais descuidado que eu já vi!

– Não consegue levantar seu corpo de cima dos meus comandantes? – perguntou Arquivos. – Pelos gritos deles, imagino que seu peso esteja esmagando-os.

– Espero que esteja mesmo – grunhiu o Rak. – Quero esmigalhá-los, se possível, pois estou de mau humor. Se pelo menos pudesse abrir minha boca, comeria todos vocês, apesar de não ter muito apetite nesse tempo quente.

Com isso, o Rak começou a rolar seu corpo imenso de um lado para o outro, para esmagar os oficiais mais facilmente; mas ao fazer isso rolou totalmente de cima deles e todos os dezesseis conseguiram ficar de pé e fugir o mais rápido possível.

O soldado Arquivos não conseguiu vê-los fugindo, mas sabia pelo som das vozes que tinham escapado, então parou de preocupar-se com eles.

– Perdoe-me se agora eu me despeço de você – disse para o Rak. – Mas a partida é causada pelo nosso desejo de continuar nossa jornada. Caso morra, não me culpe, já que fui obrigado a atirar em você como forma de autopreservação.

– Eu não morrerei – respondeu o monstro –, já que minha vida é encantada. Mas imploro que não me abandone!

– Por que não? – indagou Arquivos.

– Porque minha mandíbula quebrada vai se curar em cerca de uma hora e aí poderei comer você. Minha asa vai se curar em um dia e minha perna em uma semana, quando estarei novinho em folha. Por ter atirado em mim e causado toda essa chateação, nada mais justo do que ficar aqui e deixar que eu o coma assim que possa abrir minha mandíbula.

– Terei que discordar de você – retrucou o soldado com firmeza. – Eu me comprometi com a rainha Ann de Oogaboo a ajudá-la a conquistar o mundo e não posso quebrar minha promessa para ser comido por um Rak.

– Ah; então o caso é outro – disse o monstro. – Se você tem um compromisso, não deixe que eu o impeça.

Assim, Arquivos tateou pela escuridão, encontrou a mão da trêmula rainha e levou-a para longe do Rak, que se debatia e suspirava. Eles tropeçaram nas pedras, mas em pouco tempo começaram a enxergar o caminho à frente deles, à medida que se distanciavam cada vez mais daquele lugar terrível onde jazia o monstro. Aos poucos chegaram a uma pequena colina e puderam ver os últimos raios de sol inundando o belo vale à frente deles, pois agora já tinham atravessado a respiração enevoada do Rak. E ali estavam os dezesseis oficiais amontoados, ainda assustados e ofegantes pela fuga. Eles só tinham parado porque era impossível correr mais adiante.

A rainha Ann deu-lhes uma bronca das grandes por sua covardia, ao mesmo tempo que elogiou Arquivos por sua coragem.

– Entretanto, somos mais sábios que ele – murmurou o general Relógios –, pois ao fugir, agora podemos ajudá-la a conquistar o mundo; enquanto se Arquivos tivesse sido devorado pelo Rak, ele teria desertado seu exército.

Depois de um breve descanso, eles desceram em direção ao vale, e assim que saíram das vistas do Rak, o humor do grupo inteiro melhorou. Ao anoitecer, eles chegaram a um riacho, às margens do qual a rainha Ann ordenou que acampassem durante a noite.

Cada oficial trazia em seu bolso uma minúscula barraca branca. Elas, quando colocadas no chão, rapidamente aumentavam de tamanho, até ficarem grandes o suficiente para permitir que o dono entrasse e dormisse dentro de suas paredes de lona. Arquivos tinha a obrigação de carregar uma mochila, que não trazia apenas a barraca dele, mas também um pavilhão elaborado para a rainha Ann, além de uma cama, uma cadeira e uma mesa mágica. Essa mesa, quando colocada no chão, dentro do pavilhão de Ann, ficava bem grande, e em uma gaveta da mesa ficavam o estoque de roupas extras da rainha, seus artigos de manicure e toalete e outras coisas necessárias. A cama real era a única no acampamento, os oficiais e o soldado dormiam em redes presas nos mastros das barracas.

Na mochila também havia uma bandeira com o emblema real de Oogaboo, e Arquivos hasteava-a toda noite em seu mastro, para mostrar que o país onde estavam fora conquistado pela rainha de Oogaboo. Até então, ninguém além deles tinha visto a bandeira, mas Ann estava satisfeita por vê-la flutuando na brisa, e já se considerava uma famosa conquistadora.

BETSY ENFRENTA A TORMENTA

As ondas quebravam, os relâmpagos brilhavam, os trovões rugiam e o navio acertou uma rocha. Betsy Bobbin corria pelo convés, e o impacto fez com que ela voasse pelo ar até cair com um grande barulho na água azul-escura. O mesmo impacto atingiu Hank, um burro magro, pequeno e da cara triste, e também o derrubou no mar, bem distante do costado do navio.

Quando Betsy emergiu, ofegando por ar, já que o mergulho na água escura a surpreendera, ela estendeu a mão no escuro e agarrou um monte de cabelo. A princípio pensou que tivesse agarrado a ponta de uma corda, mas em pouco tempo ouviu um zurro desolado e percebeu que estava segurando com força a ponta do rabo de Hank.

Subitamente o mar iluminou-se com um clarão vívido. O navio, agora bem distante, pegou fogo, explodiu, e afundou por entre as ondas.

Betsy tremeu com a visão, mas então vislumbrou uma massa de destroços flutuando perto de si e largou a cauda do animal para segurar-se na balsa rústica, esforçando-se para subir nela para que pudesse navegar em segurança. Hank também viu a balsa e nadou até ela, mas ele era tão desajeitado que nunca conseguiria ter subido se Betsy não o tivesse ajudado.

Eles precisaram manter-se muito próximos, pois seu único apoio era uma porta de escotilha arrancada do convés do navio; mas servia para que eles flutuassem, e tanto a garota quanto o burro sabiam que ela impediria que se afogassem.

A tempestade ainda não acabara, de forma nenhuma, quando o navio afundou. Relâmpagos ofuscantes disparavam de uma nuvem para outra e o clamor dos trovões profundos ecoava muito além do mar. As ondas sacolejavam a pequena balsa de um lado para o outro, como uma criança jogando uma bola, e Betsy tinha a sensação solene de que não havia ninguém mais além dela e do burrinho por centenas de milhas molhadas em todas as direções.

Talvez Hank tenha pensado a mesma coisa, pois esfregou gentilmente seu focinho na garota assustada e disse WoohoohoohooHOO[2] na sua voz mais suave, como que para confortá-la.

– Vai me proteger, meu querido Hank, não vai? – ela gemeu desamparada, e então o animal zurrou novamente, em um tom que significava uma promessa.

A bordo do navio, durante os dias que precederam o naufrágio, quando o mar ainda estava calmo, Betsy e Hank tornaram-se bons amigos; assim, por mais que a garota pudesse ter preferido um protetor mais poderoso nessa emergência terrível, ela sentia que o burro faria tudo a seu alcance para garantir a segurança dela.

Eles boiaram a noite inteira, e quando a tempestade chegou ao fim e se desfez com alguns grunhidos distantes, e as ondas ficaram cada vez

---

[2] Onomatopeia para a voz de burro. (N.T.)

menores e mais fáceis de navegar, Betsy espreguiçou-se na balsa molhada e adormeceu.

Hank não dormiu nem um instante. Talvez tenha sentido que era seu dever proteger Betsy. De qualquer forma, ele encolheu-se na balsa ao lado da garota cansada e adormecida e vigiou pacientemente, até que a primeira luz da aurora se estendeu por sobre o mar.

A luz acordou Betsy Bobbin. Ela sentou-se, esfregou os olhos e olhou para o horizonte por sobre a água.

– Oh, Hank, tem terra à vista! – exclamou ela.

Hank zurrou uma resposta com sua voz queixosa.

A balsa boiava e ia rapidamente em direção a um lindo país, e à medida que se aproximavam, Betsy podia ver montes de flores adoráveis aparecendo bem brilhantes em meio às árvores cheias de folhas. Mas não havia pessoas à vista.

AS ROSAS REPUDIAM OS REFUGIADOS

A balsa roçou gentilmente a areia da praia. E então Betsy facilmente patinhou até a areia, o burro seguindo-a de perto. O Sol agora brilhava e o ar estava quente e repleto da fragrância de rosas.

– Gostaria de um café da manhã, Hank – observou a garota, sentindo-se mais alegre agora que estava em terra firme. – Mas não podemos comer as flores, por mais que o cheiro delas seja excelente.

Hank respondeu com um zurro e trotou por um pequeno caminho até o topo do monte.

Betsy o seguiu e lá do topo olhou ao redor. A uma pequena distância havia uma grande estufa esplêndida, com seus milhares de painéis de cristal brilhando sob a luz do Sol.

– Deve haver pessoas em algum lugar por aqui – observou Betsy pensativamente –, jardineiros, ou alguma outra pessoa. Vamos dar uma olhada, Hank. Estou ficando mais faminta a cada minuto que passa.

Assim eles caminharam até a enorme estufa e chegaram à sua entrada sem encontrar ninguém. Uma porta estava entreaberta, então Hank entrou primeiro, pensando que, caso houvesse algum perigo, ele poderia voltar e avisar sua companheira. Mas Betsy o seguia bem de perto, e no momento em que entrou ficou completamente perdida na incredulidade da magnífica visão diante de si.

A estufa estava repleta de roseiras magníficas, todas crescendo em grandes vasos. No caule central de cada roseira, desabrochava uma rosa esplêndida, com uma cor belíssima e um perfume delicioso, e no centro de cada rosa havia o rosto de uma garota adorável.

À medida que Betsy e Hank entravam, a cabeça das rosas estava pendente e suas pálpebras fechadas, dormindo; mas o burro estava tão maravilhado que soltou um zurro bem alto, e com o som de sua voz áspera as folhas das roseiras tremeram, as rosas levantaram a cabeça e uma centena de olhos surpresos instantaneamente se fixaram sobre os invasores.

– Eu... Eu sinto muito! – gaguejou Betsy, corada e confusa.

– Oooooh! – gritaram as rosas, como se cantassem em um coro; e uma delas acrescentou: – Que barulho horroroso!

– Ora, foi só o Hank – disse Betsy, e como se para comprovar a verdade das palavras dela, o burro soltou outro zurro alto.

Com isso, todas as rosas viraram-se nos caules, ficando o mais distante possível, e vibraram como se algumas delas estivessem tremendo em suas roseiras. Uma onze-horas delicada ofegou:

– Meu senhor! Que coisa mais horrivelmente horrorosa!

– Não é nada horroroso – disse Betsy, um tanto indignada. – Quando se acostumar à voz de Hank, ela vai ninar você.

As rosas agora olhavam com menos medo para o burro, e uma delas perguntou:

– Essa besta selvagem chama-se Hank?

– Sim; Hank é meu camarada, fiel e verdadeiro – respondeu a garota, passando seus braços pelo pescoço do pequeno animal e abraçando-o com força. – Não é, Hank?

Hank só podia responder com um zurro, o que fez as rosas tremularem novamente.

– Por favor, vá embora! – implorou uma delas. – Não vê que está nos amedrontando e custando uma semana de crescimento?

– Ir embora! – repetiu Betsy. – Ora, se não temos para onde ir. Nós acabamos de naufragar.

– Naufragar? – perguntaram as rosas em um coro surpreso.

– Sim; estávamos em um grande navio, e a tempestade veio e o naufragou – explicou a garota. – Mas Hank e eu nos seguramos em uma balsa e boiamos até esse lugar, e estamos cansados e famintos. Que país é este, por gentileza?

– Este é o Reino das Rosas – respondeu a Onze-Horas, altivamente –, e ele é devotado à criação das rosas mais raras e mais belas já vistas.

– Acredito nisso – disse Betsy, admirando as belas flores.

– Mas somente rosas são permitidas aqui – continuou uma Rosa-Chá, arqueando as sobrancelhas em uma careta –, portanto, vocês têm que ir embora antes que o Jardineiro Real os encontre e os jogue de volta no mar.

– Oh! Então existe um Jardineiro Real? – indagou Betsy.

– Certamente.

– E ele também é uma rosa?

– Claro que não; ele é um homem, um homem maravilhoso – foi a resposta.

– Bem, eu não tenho medo de um homem – declarou a garota, bastante aliviada, e enquanto ela falava, o Jardineiro Real surgiu dentro da estufa, com um forcado em uma das mãos e um regador na outra.

Ele era um homenzinho engraçado, vestido com uma roupa cor-de-rosa, com laços nos joelhos e cotovelos, e um bocado de laços nos cabelos. Seus olhos eram pequenos e brilhantes, o nariz aquilino, e seu rosto franzido e cheio de rugas.

– Opa! – exclamou ele, espantado por encontrar estranhos em sua estufa, e quando Hank soltou um zurro alto, o jardineiro jogou o regador na cabeça do burro e começou dançar de um lado para o outro com seu forcado, com tamanha agitação que em pouco tempo tropeçou no cabo da ferramenta e caiu estatelado no chão.

Betsy riu e tirou o regador da cabeça de Hank. O pequeno animal estava bravo com o tratamento recebido e foi ameaçadoramente na direção do jardineiro.

– Cuidado com as patas dele! – gritou Betsy avisando, e o Jardineiro apressou-se a ficar de pé e escondeu-se atrás das rosas apressadamente.

– Estão infringindo a lei! – gritou ele, botando a cabeça para fora para encarar a garota e o burro.

– Que lei? – perguntou Betsy.

– A lei do Reino das Rosas. Não se permite nenhum estranho neste território.

– Nem mesmo quando naufragam? – indagou ela.

– A lei não abre exceção para naufrágios – respondeu o Jardineiro Real, e estava prestes a dizer mais, quando subitamente ouviu-se o barulho de vidro quebrando e um homem caiu pelo teto da estufa e estatelou-se de uma vez no chão.

O HOMEM-FARRAPO PROCURA O IRMÃO DESAPARECIDO

Foi um homem de aparência estranha que chegou assim subitamente, vestido com roupas tão peludas que Betsy a princípio pensou tratar-se de algum animal. Mas depois de cair, o estranho sentou-se, e a garota viu que era na verdade um homem. Ele segurava uma maçã na mão, que evidentemente comia quando caiu, e estava tão pouco assustado ou abalado com o acidente que continuou mastigando essa maçã enquanto calmamente olhava ao redor.

– Céus! – exclamou Betsy, aproximando-se dele. – Quem é você e de onde veio?

– Eu? Oh, eu sou o Homem-Farrapo – disse, mordendo a maçã novamente. – Só vim para uma pequena visita. Perdoe a minha pressa.

– Ora, imagino que não tinha como evitá-la – disse Betsy.

– Não. Eu subi em uma macieira lá fora; o galho não me aguentou e aqui estou.

Enquanto falava, o Homem-Farrapo terminou sua maçã, deu o miolo para Hank (que o comeu vorazmente) e então levantou-se para curvar-se educadamente para Betsy e as rosas.

O Jardineiro Real quase morrera de susto com o vidro se quebrando e o estranho peludo caindo na casa das rosas, mas agora ele esgueirava-se detrás de um arbusto e gritava com sua voz esganiçada:

– Está quebrando a lei! Está quebrando lei!

O Homem-Farrapo olhou para ele solenemente:

– O vidro é a lei deste país? – perguntou.

– Quebrar o vidro é quebrar a lei – grasnou o jardineiro, irritado. – Além disso, invadir qualquer parte do Reino das Rosas é quebrar a lei.

– Como sabe disso? – perguntou o Homem-Farrapo.

– Ora, está impresso em um livro – disse o jardineiro, saindo detrás do arbusto e tirando um livreto do bolso. – Página treze. Aqui está: "Se qualquer estranho entrar no Reino das Rosas, ele será imediatamente condenado pelo Regente e executado". Então percebam, estranhos – continuou, triunfante –, vocês todos morrerão, e chegou sua hora!

Mas foi neste momento que Hank interveio. Ele estivera furtivamente indo na direção do Jardineiro Real, de quem ele não gostava. E agora os cascos do animal dispararam e acertaram o homenzinho bem no meio do corpo. Ele dobrou-se como a letra "U" e saiu voando pela porta com tamanha rapidez (sem sequer tocar o chão), que não estava mais lá antes que Betsy tivesse tempo de piscar.

Mas o ataque do burro assustou a garota.

– Venha – sussurrou ela, chegando perto do Homem-Farrapo e pegando-lhe a mão –, vamos para outro lugar. Eles certamente vão nos matar se continuarmos aqui!

– Não se preocupe, minha querida – respondeu o Homem-Farrapo, dando tapinhas carinhosos na cabeça da menina. – Não tenho medo de coisa alguma enquanto tiver o Ímã do Amor.

– O Ímã do Amor! Ora, e o que é isso? – perguntou Betsy.

– É um pequenino talismã encantador que conquista o coração de qualquer um que olhar para ele – foi a resposta. – O Ímã do Amor costumava ficar acima do portão da Cidade das Esmeraldas, na Terra de Oz. Mas quando eu saí para minha jornada, nossa amada governante, Ozma de Oz, permitiu que eu o trouxesse comigo.

– Oh! – gritou Betsy, olhando-o atentamente. – Você realmente é da maravilhosa Terra de Oz?

– Sim. Já esteve lá, minha cara?

– Não, mas já ouvi falar de lá. E conhece a princesa Ozma?

– Muitíssimo bem.

– E... e a princesa Dorothy?

– Dorothy é uma velha amiga minha – afirmou o Homem-Farrapo.

– Oh, céus! – exclamou Betsy. – E por que saiu de uma terra tão bela quanto Oz?

– Estou em uma missão – respondeu o Homem-Farrapo, com uma aparência triste e solene. – Estou tentando encontrar meu querido irmãozinho.

– Oh! Ele está desaparecido? – indagou Betsy, sentindo muita pena do pobre homem.

– Está desaparecido há dez anos – respondeu o Homem-Farrapo, pegando um lenço e enxugando uma lágrima. – Só descobri recentemente, quando vi escrito no grande livro de registros da Bruxa Glinda, na Terra de Oz. Agora estou tentando encontrá-lo.

– Onde ele sumiu? – perguntou a garota, sendo simpática.

– Lá em Colorado, onde eu vivia antes de ir para Oz. Meu irmão era um minerador e procurava ouro em uma mina. Um dia ele entrou lá e nunca mais saiu. Procuraram por ele, mas não estava lá. Desapareceu completamente – o Homem-Farrapo terminou, com cara de desolado.

– Meu Deus do céu! O que acha que aconteceu com ele? – perguntou ela.

– Só há uma explicação – respondeu o Homem-Farrapo, pegando outra maçã do bolso e comendo-a para aliviar a tristeza. – O rei Nomo provavelmente o pegou.

– O rei Nomo! E quem é ele?

– Ora, ele às vezes é chamado de Monarca do Metal, e seu nome é Ruggedo. Vive em uma caverna subterrânea. Diz que todos os metais escondidos na terra são seus. Não me pergunte o motivo.

– Por quê?

– Porque eu não sei. Mas esse Ruggedo fica completamente desvairado se alguém tira ouro da terra, e minha opinião é que ele capturou meu irmão e levou-o para seu reino subterrâneo. Não, não me pergunte o motivo. Vejo que está morrendo de vontade de me perguntar. Mas eu não sei.

– Mas... oh, céus! Nesse caso, nunca encontrará seu irmão desaparecido! – exclamou a garota.

– Talvez não, mas é minha obrigação tentar – respondeu o Homem-Farrapo. – Já fui tão longe sem encontrá-lo, mas isso só prova que ele não está onde procurei. Agora estou atrás da passagem escondida para a caverna subterrânea do terrível Monarca do Metal.

– Bem – disse Betsy, duvidando –, parece-me que se um dia conseguir chegar lá, o Monarca do Metal vai fazer de você prisioneiro dele também.

– Que nada! – respondeu o Homem-Farrapo, tranquilamente. – Não deve se esquecer do Ímã do Amor.

– O que tem ele? – perguntou ela.

– Quando o feroz Monarca do Metal olhar para o Ímã do Amor, ele me amará de todo o coração e fará o que eu pedir.

– O Ímã deve ser maravilhoso – disse Betsy, admirada.

– Ele é – garantiu o homem. – Quer que mostre para você?

– Oh, mostre! – pediu ela.

Assim, o Homem-Farrapo procurou no bolso peludo e pegou um pequeno ímã prateado, com o formato de uma ferradura.

Assim que Betsy olhou para ele, começou a gostar muito mais do Homem-Farrapo. Hank também viu o Ímã e aproximou-se do Homem-Farrapo para esfregar amavelmente sua cabeça no joelho do homem.

Mas o Jardineiro Real os interrompeu, pondo a cabeça para dentro da estufa e gritando com muita raiva:

– Todos vocês estão condenados à morte! A única chance de escaparem é se saírem imediatamente daqui!

Isso assustou a pequena Betsy, mas o Homem-Farrapo simplesmente virou o Ímã na direção do jardineiro que, ao vê-lo, saiu correndo e jogou-se aos pés do Homem-Farrapo, murmurando com palavras melosas:

– Oh, seu homem completamente adorável! Como eu gosto de você! Cada pelo e fio que o adorna é muito querido para mim. Tudo que tenho é seu! Mas pelo amor de Deus, saia daqui antes que morra.

– Não vou morrer – afirmou o Homem-Farrapo.

– Precisa. É a lei! – exclamou o jardineiro, começando a verter lágrimas verdadeiras. – Parte o meu coração ter que dar essa péssima notícia, mas a lei determina que todos os estranhos devam ser condenados pelo governante a morrer.

– Mas nenhum governante nos condenou ainda – disse Betsy.

– Claro que não – disse o Homem-Farrapo. – Nem vimos o Governante do Reino das Rosas ainda.

– Bem, para ser sincero – disse o jardineiro, com um tom de voz perplexo –, não temos um governante de verdade neste momento. Veja bem, todos nossos governantes crescem nos arbustos dos Jardins Reais, e o último mofou e secou antes da hora. Então, precisamos plantá-lo, e agora não há nenhum já a ponto de ser colhido nos Arbustos Reais.

– Como sabe? – perguntou Betsy.

– Ora, sou o Jardineiro Real. Há muitos nobres crescendo, admito; mas neste momento ainda estão todos verdes. Até que um fique maduro, sou eu quem deve governar o Reino das Rosas e garantir que suas leis sejam cumpridas. Portanto, por mais que eu o ame, Homem-Farrapo, devo executá-lo.

– Espere um pouco – implorou Betsy. – Gostaria de ver esses Jardins Reais antes de morrer.

– Eu também – acrescentou o Homem-Farrapo. – Leve-nos até lá, jardineiro.

– Oh, não posso fazer isso – contestou o jardineiro. Mas o Homem-Farrapo mostrou novamente o Ímã do Amor para ele e, depois de uma olhada, o jardineiro não pôde mais resistir.

Ele levou o Homem-Farrapo, Betsy e Hank aos fundos da grande estufa e destrancou uma pequena porta cuidadosamente. Ao atravessá-la, eles chegaram ao esplêndido Jardim Real do Reino das Rosas.

Ele era todo cercado por uma sebe alta, e dentro do espaço cresciam várias roseiras enormes com folhas grossas de textura aveludada. Nessas roseiras cresciam os membros da família real do Reino das Rosas: homens, mulheres e crianças em todos os estados de maturidade. Todos pareciam ter um leve brilho esverdeado, como se ainda não estivessem completamente desenvolvidos, sua pele e roupas igualmente verdes. Eles estavam completamente inertes em seus galhos, que balançavam suavemente na brisa, e seus olhos abertos olhavam diretamente para a frente, embaçados e inconscientes.

Enquanto examinava essas pessoas que cresciam de forma tão curiosa, Betsy passou por trás de uma grande roseira central e imediatamente soltou uma exclamação de prazer e surpresa. Pois ali, florescendo com cor e forma perfeitas, estava uma Princesa Real, cuja beleza era impressionante.

– Ora, ela está madura! – gritou Betsy, empurrando algumas folhas grandes para o lado para observá-la com mais clareza.

– Bem, talvez esteja – admitiu o jardineiro, que veio para o lado da garota –, mas é uma garota, portanto, não podemos tomá-la para ser governante.

– Definitivamente não! – veio um coro de vozes suaves, e ao olhar ao redor, Betsy percebeu que todas as rosas os seguiram desde a estufa e estavam agora agrupadas em frente à entrada.

– Sabe – explicou o jardineiro –, os súditos do Reino das Rosas não querem uma governante mulher. Querem um rei.

– Um rei! Queremos um rei! – repetiu o coro de rosas.

– Mas ela não é da família real? – indagou o Homem-Farrapo, admirando a adorável princesa.

– Claro, já que cresce em uma Roseira Real. O nome dessa princesa é Ozga, já que ela é uma prima distante de Ozma de Oz; e, se fosse um homem, alegremente a saudaríamos como nosso governante.

Assim, o jardineiro virou-se para falar com suas rosas, enquanto Betsy sussurrou para seu companheiro:

– Vamos colhê-la Homem-Farrapo.

– Muito bem – disse ele. – Se ela for mesmo real, tem o direito de governar este Reino, e se a colhermos, certamente nos protegerá e impedirá que nos machuquem ou que nos expulsem daqui.

Então Betsy e o Homem-Farrapo pegaram a bela Rosa Princesa cada um por um braço e torcendo levemente os seus pés libertaram-na do galho em que crescia. Com muita graciosidade, ela desceu da roseira para o chão, onde fez uma mesura profunda para Betsy e o Homem-Farrapo e disse com voz adoravelmente doce:

– Eu os agradeço.

Mas ao ouvir essas palavras, o jardineiro e as rosas viraram-se e descobriram que a princesa tinha sido colhida e agora estava viva. Em todos os rostos havia uma expressão de ressentimento e raiva, e uma das rosas gritou:

– Mortais atrevidos! O que fizeram?

– Colhemos uma princesa para vocês, só isso – respondeu Betsy, alegremente.

– Mas não a queremos! Queremos um rei! – exclamou a Rosa Jacques, e outra acrescentou com voz cheia de desprezo:

– Nenhuma garota vai nos governar!

A princesa recém-colhida olhou aturdida de um para outro de seus súditos revoltosos. Um olhar pesaroso tomou conta de suas feições tão belas.

– Eu não sou bem-vinda aqui, meus belos súditos? – perguntou gentilmente. – Não vim de minha Roseira Real para ser sua governante?

– Foi colhida por mortais, sem nosso consentimento – respondeu a Onze-Horas, friamente. – Portanto, recusamo-nos a aceitar que seja nossa governante.

– Tire-a daqui, jardineiro, junto com os outros! – choramingou a Rosa-Chá.

– Só um momento, por favor! – disse o Homem-Farrapo, pegando o Ímã do Amor do bolso. – Acredito que isso ganhará o amor deles, princesa. Aqui, segure em sua mão e mostre para as rosas.

A princesa Ozga pegou o Ímã e segurou-o de forma que seus súditos o vissem; mas as rosas o observaram com um calmo desdém.

– Ora, qual o problema? – indagou o Homem-Farrapo, surpreso. – O Ímã nunca falhou antes!

– Eu sei – disse Betsy, balançando a cabeça sabiamente. – Essas rosas não têm coração.

– Exatamente – concordou o jardineiro. – São belas, doces e vivas; mas ainda assim são rosas. Seus caules têm espinhos, mas não corações.

A princesa suspirou e devolveu o Ímã ao Homem-Farrapo.

– O que farei? – perguntou tristemente.

– Tire-a daqui, jardineiro, junto com os outros! – ordenaram as rosas. – Não teremos governante algum até que uma rosa-homem, um rei, esteja madura o bastante para ser colhida.

– Muito bem – disse o jardineiro, obediente. – Por favor, perdoe-me, meu querido Homem-Farrapo, por me opor a seus desejos, mas você e os outros, incluindo Ozga, têm que sair imediatamente do Reino das Rosas, o mais rápido ainda.

– Mas você não me ama, meu bom jardineiro? – perguntou o Homem-Farrapo, despreocupadamente mostrando o Ímã.

– Sim. Amo-o demais! – respondeu o jardineiro com sinceridade –, mas nenhum homem de verdade negligencia sua obrigação pelo amor. Minha obrigação é expulsá-lo daqui, portanto, vamos saindo!

Com isso, ele pegou um forcado e começou a espetar os estranhos, de modo a forçá-los a irem embora. Hank, o burro, não tinha medo do forcado, e quando seus cascos se aproximaram do jardineiro, o homem ficou para trás, evitando um coice.

Mas agora as rosas estavam em volta dos párias, que em pouco tempo descobriram que abaixo de suas cortinas de folhas verdes havia muitos espinhos afiados, ainda mais perigosos que os cascos de Hank. Nem Betsy, nem Ozga, nem o Homem-Farrapo, nem o burro tinham vontade de enfrentar aqueles espinhos, e, ao afastarem-se deles, perceberam estar sendo levados pela porta do jardim em direção à estufa. De lá, foram forçados a sair pela entrada e pelo território repleto de flores do Reino das Rosas, que não era tão grande assim.

A Rosa Princesa soluçava amargamente; Betsy estava indignada e brava; Hank soltava zurros desafiadores e o Homem-Farrapo assoviava baixinho para si mesmo.

O limite do Reino das Rosas era um golfo profundo, mas havia uma ponte levadiça em um lugar, e o Jardineiro Real baixou-a até os párias atravessarem-na. Então, ele levantou-a e voltou com suas rosas para a estufa, deixando os quatro companheiros estranhamente reunidos vagarem pelo território desolado e desconhecido que havia além dali.

– Não me importo tanto assim – falou o Homem-Farrapo, à frente dos outros pelo chão pedregoso e árido. – Preciso procurar meu irmãozinho há muito desaparecido de qualquer forma, então não importa para onde eu vá.

– Hank e eu vamos ajudá-lo a encontrar seu irmão – disse Betsy com a voz mais alegre. – Estou tão longe de casa agora que não acho que vá encontrar o caminho de volta. E, sendo sincera, é mais divertido viajar e aventurar-se do que ficar em casa. Não concorda, Hank?

Hank respondeu com um zurro, e o Homem-Farrapo agradeceu a ambos.

– Quanto a mim – disse a princesa Ozga da Terra das Rosas, com um suspiro gentil –, ficarei eternamente exilada do meu Reino. Então também ficarei feliz em ajudar o Homem-Farrapo a encontrar o irmão desaparecido.

– É muito gentil da sua parte, senhora – disse o Homem-Farrapo. – Mas a não ser que ache a caverna subterrânea de Ruggedo, o Monarca do Metal, nunca encontrarei meu pobre irmão.

(O nome desse rei antes era Roquat, mas depois de beber a Água do Esquecimento, ele esqueceu-se do próprio nome e teve de escolher um novo.)[3]

– Ninguém sabe onde fica? – indagou Betsy.

– Alguém deve saber, com certeza – foi a resposta do Homem-Farrapo. – Mas não nós. A única forma de ter sucesso é continuar andando até encontrarmos uma pessoa que possa nos levar à caverna de Ruggedo.

– Podemos encontrá-la nós mesmos, sem ajuda alguma – sugeriu Betsy. – Quem sabe?

– Ninguém sabe, exceto a pessoa que escreve esta história – disse o Homem-Farrapo. – Mas não acharemos coisa alguma, nem mesmo comida, se não seguirmos em frente. Aqui tem um caminho. Vamos por aqui e ver aonde chegaremos.

---

[3] O original menciona que o rei mudou de nome por ter bebido a Água do Esquecimento, mas em *A Cidade das Esmeraldas de Oz* (p. 185), logo após ingerir a água, Ozma diz ao rei o nome dele. (N.E.)

A PENOSA PROVAÇÃO DE POLICROMIA

O rei da Chuva tinha muita água em sua bacia e acabou derrubando um pouco. Isso causou chuva em certa parte do país, uma chuva muito forte, por um tempo. O que fez com que o Arco-Íris saísse correndo em direção ao lugar para mostrar as cores maravilhosas de seu arco glorioso assim que o nevoeiro da chuva tinha passado e o céu estava limpo.

A chegada do Arco-Íris sempre era um evento alegre para o povo da terra, mas poucos deles já o viram bem de pertinho. O Arco-Íris geralmente está tão distante que só se pode observar seus tons esplêndidos vagamente, por isso é raro conseguirmos ver as dançantes filhas do Arco-Íris.

Não parecia haver seres humanos no país árido onde a chuva acabara de cair. Mas o Arco-Íris apareceu assim mesmo, e dançando alegremente sobre seu arco estavam as filhas do Arco-Íris, lideradas pela Policromia feérica, tão delicada e bela que nenhuma outra moça jamais se igualara a ela em sua formosura.

Policromia estava de bom humor e dançava pelo arco até o chão, desafiando suas irmãs a segui-la. Rindo e alegre, elas também tocaram o chão com seus pés brilhantes; mas todas as filhas do Arco-Íris sabiam que esse era um passatempo perigoso, então rapidamente subiram de novo em seu arco.

Todas menos Policromia. Apesar de ser a mais doce e alegre delas, também era a mais imprudente. Além disso, era uma sensação muito diferente tocar a terra fria e úmida com seus dedos rosados. Antes que percebesse, o arco levantou-se e desapareceu no céu azul repleto de nuvens, e lá estava Policromia, indefesa, de pé sobre uma rocha, seu vestido leve flutuando a seu redor como teias brilhantes, e nenhuma alma, feérica ou mortal, estava ali para ajudá-la a recuperar seu arco perdido!

– Oh, céus! – exclamou ela, fazendo uma careta de preocupação com seu belo rosto. – Fiquei presa novamente. É a segunda vez que minha imprudência me deixou na Terra, enquanto minhas irmãs voltaram para nossos Palácios Celestes. Na primeira vez tive aventuras divertidas, mas esse é um país solitário e esquecido, e ficarei muito infeliz até que meu Arco-Íris volte e eu possa subir nele novamente. Devo pensar na melhor decisão a ser tomada.

Ela se abaixou na rocha plana, enrolou-se com o vestido e abaixou a cabeça.

Foi nessa posição que Betsy Bobbin espiou Policromia enquanto vinha pelo caminho pedregoso, seguida por Hank, a princesa e o Homem-Farrapo. A garota correu imediatamente até a radiante filha do Arco-Íris e exclamou:

– Oh, que criatura absolutamente adorável!

Policromia levantou a cabeça dourada. Seus olhos azuis estavam repletos de lágrimas.

– Sou a garota mais desolada do mundo inteiro! – soluçou ela.

Os outros puseram-se ao redor dela.

– Conte-nos seus problemas, bela garota – pediu a princesa.

– Eu... eu perdi meu arco! – choramingou Policromia.

– Eu fico no lugar dele, minha querida – disse o Homem-Farrapo, em um tom simpático, confundindo o que ela dissera.

– Mas não quero você! – chorou Policromia, batendo o pé soberbamente. – Quero o meu Arco-Íris.

– Oh, aí não posso ajudar – disse o Homem-Farrapo. – Mas tente não pensar nisso. Quando eu era jovem, costumava chorar pelo Arco-Íris também, mas não tinha como ele ser meu. Parece que não tem como ser seu também, então não chore, por favor.

Policromia olhou para ele com reprovação.

– Não gosto de você – disse.

– Não? – perguntou o Homem-Farrapo, tirando o Ímã do Amor do bolso. – Nem um pouquinho? Nem um tiquinhozinho?

– Sim, sim! – disse Policromia, juntando as mãos em êxtase enquanto olhava para o talismã encantado. – Eu amo você, Homem-Farrapo!

– Claro que ama – disse ele calmamente –, mas o crédito não é meu. É o feitiço poderoso do Ímã do Amor. Mas você parece estar bem sozinha e sem amigo algum, pequena Arco-Íris. Não quer juntar-se ao nosso grupo até encontrar novamente seu pai e suas irmãs?

– Para onde estão indo? – perguntou ela.

– Ainda não sabemos – disse Betsy, segurando a mão dela –, mas estamos tentando encontrar o irmão desaparecido do Homem-Farrapo, que foi capturado pelo terrível Monarca do Metal. Não quer vir nos ajudar?

Policromia olhou para cada integrante daquele estranho grupo de viajantes e um sorriso encantador iluminou-lhe o rosto repentinamente.

– Um burro, uma donzela mortal, uma Rosa Princesa e um Homem-Farrapo! – exclamou ela. – Certamente precisam de ajuda se pretendem enfrentar Ruggedo.

– Então sabe quem ele é? – indagou Betsy.

– Na verdade não. As cavernas de Ruggedo ficam abaixo da superfície da Terra, onde nenhum Arco-Íris consegue penetrar. Mas já ouvi falar do

Monarca do Metal. Ele também é chamado de rei Nomo, como sabem, e tem causado problemas para muitas pessoas, mortais e fadas durante seu reinado – disse Policromia.

– Então tem medo dele? – perguntou a princesa, ansiosamente.

– Ninguém consegue machucar uma filha do Arco-Íris – disse Policromia com orgulho. – Sou uma fada celeste.

– Então – disse Betsy, rapidamente – poderá nos dizer o caminho para a caverna de Ruggedo.

– Não – respondeu Policromia, balançando a cabeça –, isso é algo que não posso fazer. Mas acompanharei vocês de muito bom grado e ajudarei a achar o lugar.

Essa promessa alegrou a todos os viajantes, e depois que o Homem-Farrapo encontrou a trilha novamente, começaram a viajar com um humor mais feliz. A filha do Arco-Íris dançava levemente pela trilha rochosa, deixando a tristeza para lá, e com sua feição enfeitada com um sorriso. O Homem-Farrapo vinha logo atrás, andando com cuidado e ajudando a Rosa Princesa de vez em quando, que vinha logo depois dele. Betsy e Hank fechavam o cortejo, e caso se cansasse de caminhar, a garota subia no lombo de Hank e deixava o burrinho robusto carregá-la por um tempo.

Ao anoitecer, eles chegaram a algumas árvores que cresciam à beira de um riachinho. Ali acamparam e descansaram até de manhã. Depois, continuaram sua caminhada, encontrando algumas frutinhas aqui e ali, que mataram a fome de Betsy, do Homem-Farrapo e de Hank, e todos ficaram bastante felizes com a situação.

Betsy surpreendeu-se ao ver a Rosa Princesa comer da comida deles, já que imaginava ser ela uma fada; mas quando mencionou isso para Policromia, a filha do Arco-Íris explicou que quando Ozga foi expulsa de seu Reino das Rosas, deixou de ser uma fada e nunca mais seria nada além de uma mera mortal. Policromia, no entanto, era uma fada onde quer que estivesse, e ninguém nunca a vira sequer bebericando algumas gotinhas de orvalho à luz da Lua para refrescar-se.

Ao prosseguirem em sua jornada, a direção significava muito pouco para eles, já que estavam irremediavelmente perdidos nesse país estranho. O Homem-Farrapo disse que seria melhor se fossem em direção às montanhas, pois a entrada natural da caverna subterrânea de Ruggedo provavelmente estaria escondia em algum lugar rochoso e inóspito; mas parecia que havia montanhas por todo lado, menos na direção de onde vieram, que levava ao Reino das Rosas e ao mar. Portanto, pouco importava a direção para onde iam.

Aos poucos, vislumbraram uma vaga trilha que parecia um caminho, e depois de segui-la por algum tempo, chegaram a uma encruzilhada. Ali havia vários caminhos, levando a direções diferentes, e uma placa tão velha que as palavras já estavam apagadas. De um lado havia um poço velho, com um molinete de correntes para tirar água, mas não havia uma casa ou qualquer outra construção por perto.

Enquanto o grupo parava, indeciso com o caminho a seguir, o burro aproximou-se do poço e tentou olhar lá dentro.

– Ele está com sede – disse Betsy.

– O poço está seco – observou o Homem-Farrapo. – Provavelmente está sem água há muitos anos. Mas venha, vamos decidir qual caminho percorrer.

Ninguém parecia conseguir tomar essa decisão. Eles sentaram-se juntos e tentaram considerar que estrada parecia a melhor para ser percorrida. Hank, porém, não conseguia afastar-se do poço e finalmente se pôs de pé nas suas patas traseiras, colocou a cabeça por cima da beirada e soltou um zurro alto. Betsy observou seu amigo animal com curiosidade.

– Será que ele está vendo algo lá embaixo? – questionou ela.

Nesse momento, o Homem-Farrapo levantou-se e foi até o poço para investigar, e Betsy foi com ele. A princesa e Policromia, que rapidamente tornaram-se amigas, deram os braços e caminharam por uma das estradas procurando um caminho mais tranquilo.

– Verdade – disse o Homem-Farrapo –, parece ter algo no fundo desse poço velho.

– Não dá para puxarmos e vermos o que é? – perguntou a garota.

Não havia balde na ponta da corrente do molinete, mas um gancho bem grande que um dia segurara um. O Homem-Farrapo desceu esse gancho, arrastou-o pelo fundo e puxou-o de volta. Uma anágua prendeu-se nele, e Betsy riu e jogou-a para o lado. O objeto assustou Hank, que nunca vira uma anágua antes, e ele manteve-se bem afastado do acessório.

O Homem-Farrapo capturou e puxou vários outros objetos com o gancho, mas nenhum deles tinha importância.

– Este poço parece ter sido o entulho de todos os lixos velhos do país – disse ele, baixando o gancho mais uma vez. – Acho que já pegamos tudo. Não... o gancho prendeu em outra coisa. Ajude-me, Betsy! É algo pesado.

Ela correu até lá e o ajudou a girar o molinete. Depois de muito esforço, eles viram uma massa disforme de cobre.

– Deus do céu! – exclamou o Homem-Farrapo. – Isso é realmente surpreendente!

– O que é? – indagou Betsy, segurando-se no molinete e tentando recuperar o fôlego.

Antes de responder, o Homem-Farrapo pegou o embrulho de cobre e jogou-o no chão, longe do poço. Ele então virou-o com o pé, espalhou--o e, para o espanto de Betsy, aquela coisa acabou mostrando-se ser um homem de bronze.

– Exatamente como pensei – disse o Homem-Farrapo, encarando o objeto. – Mas, a não ser que existam dois homens de cobre no mundo, essa é a coisa mais assombrosa que já vi.

Nesse instante, a filha do Arco-Íris e a Rosa Princesa aproximaram-se deles, e Policromia disse:

– O que encontrou, Homem-Farrapo?

– Um velho amigo ou um estranho – respondeu ele.

– Oh, tem uma nota nas costas dele! – gritou Betsy, que se ajoelhara para examinar o homem. – Ora, ora, que engraçado! Ouçam só.

Ela então leu as seguintes palavras, gravadas nas placas de cobre do corpo do homem:

HOMEM-MÁQUINA MECÂNICO
de Smith & Tinker

Dupla ação patenteada, mobilidade extraordinária, capaz de pensar e de falar com perfeição.

Equipado com nosso mecanismo especial de relógio.

Pensa, fala, age e faz tudo, menos viver.

Fabricado apenas em nossa oficina de Evna, Terra de Ev.

Qualquer violação de direitos será objeto de ação judicial.

– Ele não é incrível? – exclamou a princesa.

– Sim, mas tem mais – disse Betsy, lendo outra placa gravada.

INSTRUÇÕES DE USO

Para PENSAR: Dar corda no Homem-Máquina sob o braço esquerdo (marcado com o nº 1).

Para FALAR: Dar corda no Homem-Máquina sob o braço direito (marcado com o nº 2).

Para ANDAR e AGIR: Dar corda no meio de suas costas (marcado com o nº 3).

N.B. Este mecanismo tem garantia de funcionamento perfeito por mil anos.

– Se tem garantia de funcionar por mil anos – disse Policromia –, ainda deve estar funcionando.

– É claro – respondeu o Homem-Farrapo. – Vamos dar corda nele.

Para fazer isso, precisaram colocar o homem de cobre de pé, ereto, e não foi uma tarefa simples. Ele caía sempre para o lado, e foi preciso ser endireitado várias vezes. As garotas ajudaram o Homem-Farrapo, e por fim Tic-Tac parecia estar equilibrado e ficou de pé sozinho em seus pés largos.

– Sim – disse o Homem-Farrapo, observando o homem de cobre cuidadosamente. – Esse deve ser mesmo o meu velho amigo Tic-Tac, que eu deixei tiquetaqueando alegremente na Terra de Oz. Mas como ele chegou nesse lugar solitário e se meteu nesse poço velho é um mistério.

– Talvez ele nos diga, se dermos corda nele – sugeriu Betsy. – Aqui está a chave, pendurada em um gancho em suas costas. Em que parte dele dou corda primeiro?

– Em seus pensamentos, é claro – disse Policromia. – Pois é preciso pensar para falar ou se mover de forma inteligente.

Assim Betsy deu corda nele sob seu braço esquerdo, e imediatamente pequenas luzes brilharam no topo de sua cabeça, o que provava que começara a pensar.

– Então, agora dê corda em seu fonógrafo – disse o Homem-Farrapo.

– E o que é isso?

– Ora, é a máquina que o faz falar. Seus pensamentos podem ser interessantes, mas não nos dizem nada.

Então Betsy deu corda no homem de cobre sob seu braço direito, e de dentro do seu corpo de cobre saíram as palavras "Mui-to agra-de-ci-do!" em tons irregulares.

– Excelente! – gritou o Homem-Farrapo, alegremente, e deu um tapa nas costas de Tic-Tac com tanta vontade que o homem de cobre perdeu o equilíbrio e caiu no chão todo embolado. Mas tinham dado corda no mecanismo que o fazia falar e ele ficou repetindo "Le-van-tem-me! Le-van-tem-me! Le-van-tem-me!", até que o pegaram novamente e o endireitaram, e ele acrescentou, com educação "Mui-to agra-de-ci-do!"

– Ele não conseguirá ficar de pé sozinho até darmos corda em seu mecanismo de ação – observou o Homem-Farrapo; Betsy deu corda, com toda a força, pois a chave tinha ficado bem dura, e aí Tic-Tac levantou os pés, deu uma volta marchando e parou de frente para o grupo, curvando-se diante deles.

– Como diabos você estava naquele poço quando o deixei são e salvo em Oz? – indagou o Homem-Farrapo.

– É uma lon-ga his-tó-ria – respondeu Tic-Tac, ainda falando em solavancos. – Mas a con-ta-rei em pou-cas pa-la-vras. De-pois que você saiu em bus-ca de seu ir-mão, Ozma o viu va-gan-do por ter-ras es-tra-nhas sem-pre que olha-va em seu qua-dro má-gi-co, e ela tam-bém viu seu ir-mão na ca-ver-na do rei No-mo; as-sim, ela me en-viou pa-ra lhe di-zer on-de en-con-trar seu ir-mão e me dis-se pa-ra aju-dá-lo se fos-se pos-sí-vel. A Bru-xa Glin-da, a Boa, trans-por-tou-me pa-ra es-se lu-gar num pis-car de olhos; mas aqui en-con-trei o pró-prio rei No-mo, o ve-lho Rug-ge-do, que por aqui é cha-ma-do de Mo-nar-ca do Me-tal. Rug-ge-do sa-bia por que eu es-ta-va aqui, e fi-cou tão bra-vo que me jo-gou den-tro do po-ço. De-pois de a mi-nha cor-da aca-bar, eu fi-quei in-de-fe-so até você che-gar e me ti-rar de lá. Mui-to agra-de-ci-do.

– São boas notícias, de fato – disse o Homem-Farrapo. – Eu suspeitava que meu irmão era prisioneiro de Ruggedo; mas agora tenho certeza. Diga-nos, Tic-Tac, como chegaremos à caverna do rei Nomo?

– O me-lhor jei-to é ir an-dan-do – disse Tic-Tac. – Po-de-mos ras-te-jar, ou pu-lar, ou ir ro-lan-do até che-gar lá, mas o me-lhor jei-to é an-dar.

– Sei disso, mas devemos ir por qual caminho?

– Meu me-ca-nis-mo não foi fei-to pa-ra dar es-sa in-for-ma-ção – respondeu Tic-Tac.

– A caverna subterrânea tem mais de uma entrada – disse Policromia –, mas o velho Ruggedo escondeu cada uma delas muito bem, para que os moradores da terra não possam invadir seu território. Se encontrarmos nosso caminho para o subterrâneo, será por completa sorte.

– Sendo assim – disse Betsy –, vamos escolher qualquer caminho, aleatoriamente, e ver aonde ele nos leva.

– Parece uma ideia sensata – afirmou a princesa. – Pode levar muito tempo até acharmos Ruggedo, mas tempo é o que não nos falta.

– Se con-ti-nuar me dan-do cor-da – disse Tic-Tac –, vou du-rar mil anos.

– E agora temos que decidir por qual caminho iremos – disse o Homem-Farrapo, olhando de um caminho para o outro.

Mas enquanto estavam ali hesitantes, um som peculiar chegou a seus ouvidos: um som parecido com o de vários passos.

– O que está vindo? – gritou Betsy, correndo para o caminho da esquerda e olhando naquela direção. – Ora, é um exército! – exclamou ela. – O que vamos fazer? Vamos nos esconder ou fugir?

– Vamos ficar onde estamos – ordenou o Homem-Farrapo. – Não tenho medo de um exército. Caso se mostrem amigáveis, podem nos ajudar; se forem inimigos, mostrarei o Ímã do Amor.

TIC-TAC ENFRENTA UMA ÁRDUA TAREFA

Enquanto o Homem-Farrapo e seus companheiros estavam agrupados de um lado, o Exército de Oogaboo aproximava-se pelo caminho, o barulho dos seus pés era acompanhado de vez em quando por um gemido desolador, toda vez que um dos oficiais pisava em uma pedra afiada ou batia o cotovelo contra o punho da espada de seu companheiro.

E de dentro das árvores marchou o soldado Arquivos, carregando o estandarte de Oogaboo, que tremulava em um longo mastro. Ele enfiou esse mastro no chão bem na frente do poço, e gritou com uma voz muito alta:

– Com esse ato, eu conquisto este território em nome da rainha Ann Soforth de Oogaboo, e proclamo todos os habitantes desta terra como seus escravos!

Alguns dos oficiais agora colocavam a cabeça para fora dos arbustos e perguntavam:

– A barra está limpa, soldado Arquivos?

– Não tem nenhuma barra aqui – foi a resposta –, mas está tudo bem.

– Espero que tenha água aí – disse o general Casquinhas, criando coragem para avançar até o poço; mas nesse momento ele vislumbrou Tic-Tac e o Homem-Farrapo e imediatamente caiu de joelhos, tremendo, amedrontado e gritou:

– Misericórdia, gentis inimigos! Misericórdia! Poupe-nos e seremos seus escravos eternamente.

Os outros oficiais, que tinham avançado em direção à clareira, também caíram de joelhos e imploraram por misericórdia.

Arquivos virou-se e, ao ver os estranhos pela primeira vez, examinou-os com muita curiosidade. E então, percebendo que três dos membros do grupo eram garotas, ele levantou o quepe e fez uma mesura educada.

– O que significa isso? – perguntou com voz seca a rainha Ann assim que chegou ao local e viu seu exército ajoelhado.

– Permita que nos apresentemos – respondeu o Homem-Farrapo, dando um passo à frente. – Esse é Tic-Tac, o Homem-Máquina, que funciona melhor que algumas pessoas de carne e osso. E aqui temos a princesa Ozga da Rosalândia, que agora infelizmente foi exilada do seu Reino das Rosas. Logo em seguida, apresento Policromia, uma fada celeste, que perdeu o seu Arco-Íris acidentalmente e não consegue voltar para casa. Essa garotinha aqui é Betsy Bobbin, de algum paraíso terrestre desconhecido chamado Oklahoma, e com ela temos o senhor Hank, um burro com uma longa cauda e um pavio curto.

– *Pff!* – disse Ann, com desdém. – Um belo conjunto de vagabundos são vocês, de fato todos perdidos ou desgarrados, imagino, e não valem o despojo de uma rainha. Sinto muito ter conquistado vocês.

– Mas ainda não nos conquistou – disse Betsy, indignada.

– Não – concordou Arquivos –, isso é um fato. Mas se meus oficiais gentilmente me comandarem a conquistar vocês, farei isso imediatamente, e depois disso poderemos parar de discutir e conversar com mais calma.

Os oficiais a essa hora já tinham se levantado e espanado o pó das calças. Para eles, o inimigo não parecia ser tão feroz, então os generais, coronéis, majores e capitães criaram coragem para enfrentá-los e começaram a se pavonear da maneira mais arrogante que conseguiam.

– Vocês têm que entender – disse Ann – que sou a rainha de Oogaboo, e esse é meu exército invencível. Estamos ocupados em conquistar o mundo e já que vocês parecem ser parte dele, e estão atrapalhando nossa jornada, é necessário que conquistemos vocês, por mais que não sejam merecedores de tamanha honra.

– Está tudo bem – respondeu o Homem-Farrapo. – Conquiste-nos quantas vezes quiser. Não nos importamos.

– Mas não seremos escravos de ninguém! – acrescentou Betsy, categoricamente.

– Veremos quanto a isso! – retrucou a rainha, com raiva. – Avante, soldado Arquivos, e prenda as mãos e os pés dos inimigos!

Mas o soldado Arquivos olhou para a bela Betsy, a fascinante Policromia e a linda Rosa Princesa e balançou a cabeça.

– Seria falta de educação e não farei isso – afirmou ele.

– Mas tem que fazer! – gritou Ann. – É sua obrigação obedecer a ordens.

E os generais agora gritavam: "Adiante e amarre os prisioneiros!", e os coronéis e majores e capitães repetiam o comando, gritando o mais alto que podiam.

Toda essa barulheira perturbou Hank, que estivera observando o Exército de Oogaboo com extremo desagrado. O burro apressou-se e começou a ir de costas na direção dos oficiais e a dar coices ferozes e perigosos na direção deles. O ataque foi tão repentino que os oficiais se espalharam como poeira em um redemoinho, deixando suas espadas caírem enquanto corriam e tentavam encontrar abrigo atrás das árvores e arbustos.

Betsy riu com vontade da desordem cômica do "nobre exército", e Policromia dançava de alegria. Mas Ann estava furiosa com essa derrota desprezível de suas forças galantes por um pequeno burro.

– Soldado Arquivos, eu ordeno que cumpra com sua obrigação! – gritou ela novamente, e depois abaixou-se para desviar dos cascos do burro, já que Hank não fazia distinção a favor de uma dama, já que ela era claramente um dos inimigos.

Entretanto, Betsy agarrou seu campeão pela crina e segurou-o com força. Quando os oficiais viram que o burro estava contido e não poderia mais atacá-los, esgueiraram-se, ainda amedrontados, e recolheram as espadas jogadas ao chão.

– Soldado Arquivos, capture e contenha esses prisioneiros! – berrou a rainha.

– Não – disse Arquivos, largando sua arma e tirando a mochila que estava presa às suas costas. – Eu renuncio à minha posição no Exército de Oogaboo. Eu me alistei para lutar contra o inimigo e me tornar um herói, mas se quer alguém para amarrar garotas indefesas, terá de contratar outro soldado.

Ele andou na direção dos outros e apertou as mãos do Homem-Farrapo e de Tic-Tac.

– Traição! – esgoelou-se Ann, e todos os oficiais ecoaram sua voz.

– Coisa nenhuma – disse Arquivos. – Eu tenho o direito de renunciar se quiser.

– Na verdade não tem! – retrucou a rainha. – Se renunciar, vai desfalcar o meu exército, e aí não poderei conquistar o mundo – ela então virou-se para os oficiais e disse: – Devo pedir que me façam um favor. Sei que não é digno que os oficiais lutem, mas a não ser que capturem o soldado Arquivos imediatamente e o forcem a obedecer a minhas ordens, não haverá despojos para nenhum de nós. Além disso, é bem provável que todos vocês sofram as dores da fome e que, quando encontrarmos um inimigo poderoso, vocês corram o risco de serem capturados e transformados em escravos.

A perspectiva desse destino terrível aterrorizou tanto os oficiais, que eles desembainharam as espadas e avançaram contra Arquivos, que estava ao lado do Homem-Farrapo, de uma maneira verdadeiramente voraz. No instante seguinte, entretanto, eles pararam e mais uma vez caíram de joelhos; pois ali, diante de seus olhos, estava o brilhante Ímã do Amor, na mão do sorridente Homem-Farrapo, e a visão desse talismã mágico imediatamente ganhou o coração de cada Oogabooita. Até Ann viu o Ímã do Amor e, esquecendo-se de toda a inimizade e raiva, atirou-se no Homem-Farrapo e o abraçou amorosamente.

Bastante desconcertado por esse efeito inesperado do Ímã, o Homem-Farrapo desvencilhou-lhe dos braços da rainha e rapidamente guardou o talismã no bolso. Os aventureiros de Oogaboo eram agora verdadeiros amigos seus, e não houve mais nenhuma conversa de conquistar e prender ninguém de seu grupo.

– Se insistir em conquistar alguém – disse o Homem-Farrapo –, pode marchar comigo para o reino de Ruggedo no subterrâneo. Para conquistar o mundo, como é seu objetivo, precisa conquistar todos abaixo de sua superfície e aqueles acima dela, e ninguém no mundo precisa ser mais conquistado do que Ruggedo.

– Quem é ele? – perguntou Ann.

– O Monarca do Metal, rei dos nomos.

– E ele é rico? – perguntou o major Meias com uma voz ansiosa.

– Claro que sim – respondeu o Homem-Farrapo. – Ele é dono de todo o metal que está no subterrâneo: ouro, prata, cobre, latão e estanho. De acordo com ele, também é dono de todos os metais acima do chão, já que diz que todo metal já foi um dia parte do seu reino. Então, conquistando o Monarca do Metal, conquistará todas as riquezas do mundo.

– Ah! – exclamou o general Maçãs, suspirando profundamente. – Esse despojo valeria a pena. Vamos conquistá-lo, Vossa Majestade.

A rainha olhou com reprovação para Arquivos, que estava sentado perto da adorável princesa, sussurrando em seu ouvido.

– Infelizmente – disse Ann –, não tenho mais um exército. Tenho vários oficiais corajosos, sem dúvida, mas nenhum soldado para que eles comandem. Portanto, não posso conquistar Ruggedo e tomar toda sua riqueza.

– Por que não transforma um de seus oficiais em soldado? – perguntou o Homem-Farrapo; mas todos os oficiais começaram a protestar e a rainha de Oogaboo balançou a cabeça enquanto respondia:

– Isso é impossível. Um soldado tem que ser um tremendo lutador, e meus oficiais não sabem lutar. Eles são excepcionalmente corajosos para mandarem os outros lutar, mas eles mesmos não conseguiriam encarar e conquistar o inimigo.

– Isso é bem verdade, Vossa Majestade – disse o coronel Ameixas, ansiosamente. – Há muitos tipos de bravura, e não se pode esperar que alguém possua todas elas. Eu mesmo sou tão corajoso quanto um leão até chegar o momento de lutar, mas aí minha natureza se revolta. Lutar é indelicado e pode ser nocivo para os outros; portanto, sendo um cavalheiro, eu nunca luto.

– Nem eu! – gritou cada um dos oficiais.

– Está vendo quão desamparada estou? – disse Ann – Se o soldado Arquivos não tivesse provado ser um traidor e um desertor, eu conquistaria esse Ruggedo com prazer; mas um exército sem um soldado é como uma abelha sem ferrão.

– Não sou um traidor, Vossa Majestade – protestou Arquivos. – Renunciei do jeito certo, por não estar satisfeito com o trabalho. Mas tem várias pessoas que podem tomar meu lugar. Por que não transformar o Homem-Farrapo em soldado?

– Ele pode ser morto – disse Ann, olhando com carinho para o Homem-Farrapo –, porque é mortal e pode morrer. Se algo acontecesse com ele, meu coração ficaria partido.

– E eu ficaria mais do que partido – afirmou o Homem-Farrapo. – Deve admitir, Vossa Majestade, que sou o comandante dessa expedição, já que é meu irmão que estamos procurando, não despojos. Mas meus companheiros e eu gostaríamos da ajuda do seu exército, e se nos ajudar a conquistar Ruggedo e a resgatar meu irmão do cativeiro, permitiremos que vocês fiquem com todo o ouro, joias e outros despojos que encontrarem.

Essa perspectiva era tão tentadora, que os oficiais começaram a sussurrar um para o outro, e em pouco tempo o coronel Queijos disse:

– Vossa Majestade, combinando todos os nossos cérebros, chegamos à ideia mais brilhante de todas. Vamos transformar o Homem-Máquina no nosso soldado!

– Quem? Eu? – perguntou Tic-Tac. – De for-ma ne-nhu-ma! Não con-si-go lu-tar e não se es-que-çam de que foi Rug-ge-do que me jo-gou no po-ço.

– Quando isso aconteceu, você não tinha uma arma – disse Policromia. – Mas se nos juntarmos ao Exército de Oogaboo, vai portar a arma que o senhor Arquivos usava.

– Um sol-da-do de-ve ser ca-paz de cor-rer e tam-bém de lu-tar – protestou Tic-Tac –, e se aca-bar a cor-da, como ge-ral-men-te acon-te-ce, con-se-gui-rei fu-gir nem lu-tar.

– Manterei você com corda, Tic-Tac – prometeu Betsy.

– Ora, não é uma ideia ruim – disse o Homem-Farrapo –, Tic-Tac será o soldado ideal, já que nada pode machucá-lo, a não ser uma marretada. E, já que esse exército precisa de um soldado, Tic-Tac é o único do nosso grupo que é adequado para desempenhar esse trabalho.

– O que de-vo fa-zer? – perguntou Tic-Tac.

– Seguir ordens – respondeu Ann. – Quando os oficiais ordenarem que faça qualquer coisa, deve fazer; é só isso.

– E é o suficiente, também – disse Arquivos.

– Re-ce-bo um sa-lá-rio? – perguntou Tic-Tac.

– Recebe a sua parte dos despojos – respondeu a rainha.

– Sim – observou Arquivos –, metade dos despojos vai para a rainha Ann, a outra metade é dividida entre os oficiais, e o soldado fica com o resto.

– Is-so se-rá o su-fi-ci-en-te – disse Tic-Tac, pegando a arma e examinando-a com admiração, pois nunca tinha visto uma arma assim.

E então Ann prendeu a mochila nas costas de cobre de Tic-Tac e disse:

– Agora estamos prontos para marchar rumo ao reino de Ruggedo e conquistá-lo. Oficiais, deem o comando de marcha.

– Formação! – gritaram os generais, desembainhando as espadas.

– Formação! – berraram os coronéis, desembainhando as espadas.

– Formação! – bradaram os majores, desembainhando as espadas.

– Formação! – vociferaram os capitães, desembainhando as espadas.

Tic-Tac, surpreso, olhou para eles e à sua volta.

– For-ma-ção do quê? Nem es-tu-dei – perguntou.

– Não – disse a rainha Ann –, deve entrar em formação para a marcha.

– Não pos-so mar-char sem me for-mar? – perguntou curioso o Homem-Máquina.

– Ponha a arma no ombro e fique de pé pronto para marchar – aconselhou Arquivos; assim, Tic-Tac endireitou sua arma e sua postura.

– E ago-ra? – perguntou.

A rainha virou-se para o Homem-Farrapo.

– Qual é a estrada que leva para a caverna do Monarca do Metal?

– Não sabemos, Vossa Majestade – foi a resposta.

– Mas isso é um absurdo! – disse Ann com uma careta. – Se não conseguirmos chegar até Ruggedo, com certeza não conseguiremos conquistá-lo.

– Tem razão – admitiu –, mas não disse que não conseguiremos chegar lá. Só precisamos descobrir o caminho, e era essa questão que discutíamos quando seu magnífico exército e a senhora chegaram.

– Bem, então, ocupem-se e descubram – disse rispidamente a rainha.

Essa tarefa não foi fácil. Todos ficaram olhando de uma estrada para a outra, perplexos. Os caminhos irradiavam-se da pequena clareira como os raios do sol de meio-dia, e cada um deles parecia ser exatamente igual aos outros.

Arquivos e a Rosa Princesa, que agora já tinham se tornado bons amigos, avançaram um pouco em uma das estradas e descobriram que era margeada por belas flores selvagens.

– Por que não pede às flores para lhe dizerem o caminho? – disse ele à sua companheira.

– As flores? – devolveu a princesa, surpresa com a pergunta.

– É claro – disse Arquivos. – As flores do campo devem ser primas de segundo grau de uma Rosa Princesa, e acho que se perguntar a elas, responderão.

Ela olhou para as flores com mais atenção. Havia centenas de margaridas brancas, botões-de-ouro dourados, jacintos e narcisos que cresciam à beira da estrada, e cada flor estava firmemente presa em seu caule robusto, mas esbelto. Havia até mesmo algumas rosas selvagens aqui e ali, e talvez tenha sido a visão delas que deu à princesa a coragem de fazer aquela pergunta importante.

Ela ficou de joelhos, encarando as flores, e esticou os dois braços, de forma suplicante, na direção delas.

– Digam-me, belas primas – disse ela, com sua voz doce e gentil –, qual direção nos levará para o reino de Ruggedo, o rei Nomo?

Imediatamente, todos os caules curvaram-se graciosamente para a direita, e as flores acenaram uma, duas, três vezes naquela direção.

– É isso! – gritou Arquivos, alegremente. – Agora sabemos o caminho.

Ozga ficou de pé e olhou admiradamente para as flores do campo, que tinham voltado para sua posição ereta.

– Não acha que foi o vento? – perguntou com um sussurro baixo.

– Não, absolutamente – respondeu Arquivos. – Não tem nem um pouquinho de brisa por aqui. Mas essas flores adoráveis são de fato suas primas e responderam sua pergunta imediatamente, como eu sabia que fariam.

A RAIVA DE RUGGEDO É IRREFLETIDA E INCONSEQUENTE

O caminho que os aventureiros tomaram subia a colina, descia o vale e serpenteava aqui e ali de uma forma que parecia sem sentido. Mas sempre se aproximava de uma cadeia de montanhas baixas, e Arquivos disse mais de uma vez que tinha certeza de que a entrada para a caverna de Ruggedo estaria entre essas colinas rugosas.

Ele estava bastante correto quanto a isso. Muito abaixo da montanha mais próxima havia uma lindíssima câmara no oco da rocha maciça, cujas paredes e teto brilhavam com milhares de joias magníficas. Aqui, em um trono de ouro virgem, estava assentado o famoso rei Nomo, com vestes esplêndidas e uma coroa soberba feita de rubis vermelho-sangue.

Ruggedo, o monarca de todos os Metais e Pedras Preciosas do Mundo Subterrâneo, era um homenzinho redondo, com uma diáfana barba branca, um rosto vermelho, olhos brilhantes e uma ruga que ocupava toda a sua testa. Era possível pensar, ao olhar para ele, que seria alegre; e também imaginar, considerando sua enorme riqueza, que seria feliz; mas não era esse o caso. O Monarca do Metal era ranzinza e grosseiro porque os mortais tinham extraído muitos tesouros da terra e os mantinham acima do chão, onde todo o poder de Ruggedo e seus nomos não conseguia recuperá-los. Ele não odiava apenas os mortais, mas também as fadas que viviam na Terra ou acima dela, e em vez de contentar-se com as riquezas que ainda tinha, estava infeliz porque não possuía todo o ouro e todas as joias do mundo.

Ruggedo estivera cochilando, quase dormindo, em seu trono, quando subitamente sentou-se ereto, deu um rugido de raiva e começou a bater em um enorme gongo que ficava a seu lado.

O som preencheu a vasta caverna e penetrou até muitas cavernas além dela, onde incontáveis nomos estavam trabalhando em suas tarefas infindáveis, martelando ouro e prata e outros metais, ou derretendo minérios em grandes fornalhas, ou polindo gemas brilhantes. Os nomos tremeram ao som do gongo do rei e sussurraram temerosamente um para o outro que algo desagradável aconteceria; mas nenhum deles atreveu-se a fazer uma pausa em suas tarefas.

As cortinas pesadas de ouro foram abertas, e Kaliko, o Mordomo Real, adentrou a sala do rei.

– O que houve, Vossa Majestade? – perguntou com um longo bocejo, pois acabara de acordar.

– O que houve? – rugiu Ruggedo, batendo o pé furiosamente. – Esses mortais tolos, isso que houve! Eles querem descer para cá.

– Descer para cá? – indagou Kaliko.

– Sim!

– E como sabe? – prosseguiu o camareiro, bocejando novamente.

– Sinto nos meus ossos – disse Ruggedo. – Sempre consigo sentir quando esses odiosos seres rastejantes da Terra aproximam-se do meu reino.

Tenho certeza, Kaliko, de que mortais estão a caminho para me perturbar nesse instante, e eu odeio mortais mais do que odeio chá de erva-de-gato!

– Bem, e o que faremos? – perguntou o nomo.

– Olhe pela sua luneta e veja onde estão os invasores – ordenou o rei.

Assim, Kaliko foi até um tubo na parede de rocha e colocou o olho nele. O tubo saía da caverna e ia até a lateral da montanha, fazendo várias voltas e curvas, mas como era uma luneta mágica, Kaliko conseguia enxergar através dela tão bem quanto se ela fosse reta.

– Ora, ora – disse ele. – Consigo vê-los, Vossa Majestade.

– Como eles são? – perguntou o monarca.

– Essa é uma pergunta difícil de responder, já que uma variedade mais esquisita de criaturas nunca foi vista antes – disse o nomo. – Entretanto, tal coleção de curiosidades pode se provar perigosa. Há um homem de cobre, que funciona por meio de um mecanismo...

– Bah! Esse é só o Tic-Tac – disse Ruggedo. – Ele não me assusta. Ora, dia desses eu o encontrei e joguei-o dentro de um poço.

– Então alguém deve tê-lo tirado de lá – disse Kaliko. – E tem uma garotinha...

– Dorothy? – perguntou Ruggedo, pulando de medo.

– Não, uma garota diferente. Na verdade, são várias garotas, de vários tamanhos; mas Dorothy não está com eles, nem Ozma.

– Que bom! – exclamou o rei, com um suspiro de alívio.

Kaliko ainda estava com o olho colado na luneta.

– Estou vendo um exército de homens de Oogaboo – disse ele. – São todos oficiais e portam espadas. E tem um Homem-Farrapo, que parece ser inofensivo, e um burrinho com orelhas bem grandes.

– *Pff!* – exclamou Ruggedo, estalando os dedos com desprezo. – Não temo uma multidão dessas. Uma dúzia dos meus nomos consegue destruí-los em um segundo.

– Não tenho tanta certeza assim – disse Kaliko. – As pessoas de Oogaboo são difíceis de destruir, e acho que a Rosa Princesa é uma fada. Quanto à Policromia, o senhor sabe muito bem que a filha do Arco-Íris não pode ser ferida por um nomo.

– Policromia! Ela está com eles? – perguntou o rei.

– Sim; acabei de reconhecê-la.

– Então essas pessoas não estão vindo em missão de paz – declarou Ruggedo, com uma carranca feroz. – Na verdade, ninguém jamais vem aqui em missões de paz. Odeio todo mundo e todo mundo me odeia!

– Isso é bem verdade – disse Kaliko.

– Devo impedir que essas pessoas cheguem ao meu território de algum jeito. Onde eles estão agora?

– Estão nesse momento cruzando o País da Borracha, Vossa Majestade.

– Ótimo! Seus fios de borracha magnéticos estão funcionando?

– Acredito que sim – respondeu Kaliko. – É da Vontade Real que possamos nos divertir com esses invasores?

– É sim – respondeu Ruggedo. – Quero ensiná-los uma lição que nunca esquecerão.

Mas o Homem-Farrapo não fazia ideia de que estava no País da Borracha, e nenhum de seus companheiros. Eles perceberam que tudo à volta deles era de uma cor cinza, sem graça, e que o caminho por onde andavam era macio e elástico, mesmo assim não suspeitavam que as rochas e as árvores eram de borracha e que até mesmo o caminho por onde andavam era feito de borracha.

Em pouco tempo, eles chegaram a um riacho onde a água brilhante corria por um canal profundo e desaparecia por entre as rochas altas do outro lado da montanha. No leito do riacho havia algumas pedras, colocadas ali para que os viajantes pudessem pular de uma para a outra margem e, dessa forma, atravessar o riacho.

Tic-Tac marchava à frente, seguido por seus oficiais e pela rainha Ann. Depois deles vinham Betsy Bobbin e Hank, Policromia e o Homem-Farrapo, e por último vinha a Rosa Princesa com Arquivos. O Homem-Máquina viu o riacho e as pedras e, sem nem fazer uma pausa, colocou o pé na primeira pedra.

O resultado foi espantoso. Primeiro, ele afundou em uma borracha mole, que então esticou-se e mandou-o voando pelos ares, onde ele deu uma sucessão de cambalhotas e caiu sobre uma rocha de borracha muito atrás do grupo.

Como o general Maçãs não viu o salto de Tic-Tac, tamanha a rapidez com que este desapareceu, ele também pisou na pedra (que você deve ter adivinhado que estava conectada ao fio magnético de borracha de Kaliko) e instantaneamente foi jogado para o alto como uma flecha. O general Casquinhas veio logo em seguida e encontrou um destino semelhante, mas os outros acabaram percebendo que havia algo de errado, pararam a coluna e olharam para o caminho de onde vieram.

Lá estava Tic-Tac, ainda pulando de uma rocha de borracha para a outra, a cada vez subindo a uma distância menor do chão. E lá estava o general Maçãs, pulando em outra direção, seu chapéu tricórnio na frente dos olhos, a espada longa batendo em seus braços e na cabeça, enquanto balançava de um lado para o outro. E lá, também, aparecia o general Casquinhas, que caíra de cabeça em uma rocha de borracha e estava tão embolado, que seu corpo redondo se parecia mais com uma bola do que com um homem.

Betsy ria com vontade da estranha visão, e Policromia ecoava sua risada. Mas Ozga estava solene e pensativa, enquanto a rainha Ann ficou irritada ao ver os oficiais mais importantes do Exército de Oogaboo pulando de um lado para o outro de uma maneira tão pouco digna. Ela gritou, ordenando que eles parassem, mas não conseguiam obedecê-la, mesmo que quisessem muito. Finalmente, todos eles pararam de pular e conseguiram se pôr de pé e voltar ao exército.

– Por que fizeram isso? – perguntou Ann, extremamente irritada.

– Não pergunte isso a eles – disse o Homem-Farrapo ansiosamente. – Sabia que perguntaria o motivo a eles, mas não deve fazê-lo. O motivo é claro. Essas pedras são de borracha; portanto, não são pedras. Essas rochas ao redor são de borracha, ou seja, não são rochas. Até mesmo esse caminho não é um caminho; é borracha. A não ser que tomemos muito cuidado, Vossa Majestade, é provável que todos nós pulemos por aí, do mesmo jeito que seus pobres oficiais e Tic-Tac fizeram.

– Então, tomemos cuidado – observou Arquivos, que era repleto de sabedoria; mas Policromia queria testar a qualidade da borracha, então começou a dançar; cada passo fez com que ela fosse cada vez mais alto pelo ar, de forma que ela parecia uma grande borboleta voando suavemente. Em pouco tempo, ela deu um grande salto e pulou para o outro lado do riacho, pousando leve e seguramente do outro lado.

– Não tem borracha desse lado – disse para eles. – Tentem pular sobre o riacho sem tocar nas pedras dentro dele.

Ann e seus oficiais relutavam a participar de uma aventura tão arriscada, mas Betsy imediatamente compreendeu o valor da sugestão e começou a pular para cima e para baixo, até notar que estava pulando quase tão alto quanto Policromia. Então, ela subitamente inclinou-se para a frente e seu próximo salto levou-a facilmente para o outro lado do riacho, onde ela pousou ao lado da filha do Arco-Íris.

– Venha, Hank! – chamou a garota, e o burro tentou obedecê-la. Ele conseguiu saltar bem alto, mas quando tentou atravessar o riacho, calculou mal a distância e caiu com estardalhaço no meio da água.

Ele reclamou com um zurro, esforçando-se para chegar à outra margem. Betsy apressou-se para ajudá-lo, mas quando o burro estava seguro a seu lado, ela ficou impressionada ao notar que ele não estava nem um pouco molhado.

– A água é seca – disse Policromia, colocando a mão no riacho e mostrando como a água caía dela e deixava-a perfeitamente seca.

– Nesse caso – respondeu Betsy –, eles podem atravessá-la andando.

Ela chamou Ozga e o Homem-Farrapo para atravessarem patinhando, garantindo que a água era rasa e que não ficariam molhados. Eles seguiram seu conselho imediatamente, desviando das pedras de borracha, e atravessaram com facilidade. Isso encorajou todo o grupo a patinhar pela água seca e, em poucos minutos, todos juntaram-se na outra margem e retomaram a jornada pelo caminho que levava aos domínios do rei Nomo.

Quando Kaliko resolveu olhar através de sua luneta mágica novamente, exclamou:

– Que azar, Vossa Majestade! Todos os invasores atravessaram o País da Borracha e agora estão aproximando-se depressa da entrada das suas cavernas.

Ruggedo desatinou e fez um escândalo com a notícia, e sua raiva era tanta que, enquanto andava de um lado para o outro da sua caverna, ele parou várias vezes para chutar as canelas de Kaliko, que eram tão sensíveis que o pobre nomo uivava de dor. Finalmente, o rei disse:

– Não tem como evitar; teremos que jogar esses invasores audaciosos no Tubo Oco.

Ao ouvir isso, Kaliko deu um salto e olhou para seu amo, admirado.

– Se fizer isso, Vossa Majestade – disse ele –, vai deixar Tititi-Hoochoo muito irritado.

– Não se preocupe com isso – retrucou Ruggedo. – Tititi-Hoochoo vive do outro lado do mundo, então o que me importa a irritação dele?

Kaliko tremeu e soltou um pequeno gemido.

– Lembre-se dos terríveis poderes dele – implorou – e de que alertou, por causa da última vez que o senhor mandou pessoas pelo Tubo Oco, que, se fizesse isso novamente, ele se vingaria.

O Monarca do Metal andou de um lado para o outro em silêncio, pensando profundamente.

– Dos dois perigos – disse ele –, o mais sábio é escolher o menor. O que acha que esses invasores querem?

– Deixe o Ouvidor de Orelhas Compridas escutá-los! – sugeriu Kaliko.

– Chame-o aqui imediatamente! – ordenou Ruggedo.

Assim, em poucos minutos entrou na caverna um nomo com orelhas enormes, que se curvou diante do rei.

– Estranhos estão se aproximando – disse Ruggedo –, e eu quero saber qual o objetivo deles. Ouça cuidadosamente o que estão dizendo e me conte por que estão vindo aqui e com qual intenção.

O nomo curvou-se de novo e abriu suas grandes orelhas, balançando-as para cima e para baixo gentilmente. Ele ficou em silêncio durante meia hora, em uma posição de escuta, enquanto o rei e Kaliko ficavam impacientes com a demora. Por fim, o Ouvidor de Orelhas Compridas falou:

– O Homem-Farrapo está vindo resgatar o irmão dele do cativeiro – disse o Ouvidor.

– Rá, o Feioso! – exclamou Ruggedo. – Bem, o Homem-Farrapo pode ficar com o irmão feio, por mim. Ele é preguiçoso demais para trabalhar e está sempre no meu caminho. Onde está o Feioso agora, Kaliko?

– A última vez que tropeçou no prisioneiro, Vossa Majestade, o senhor mandou que eu o enviasse para a Floresta de Metal, o que fiz. Imagino que ainda esteja lá.

– Muito bem. Os invasores terão dificuldade em encontrar a Floresta de Metal – disse o rei, com um sorriso de deleite malicioso –, já que nem eu consigo encontrá-la em tão pouco tempo. Ainda assim, eu criei a floresta e fiz todas as árvores, de ouro e prata, para manter todos os metais preciosos em um lugar seguro e fora do alcance dos mortais. Mas diga-me Ouvidor, os estranhos querem algo mais?

– Sim, com certeza! – respondeu o nomo. – O Exército de Oogaboo está decidido a capturar todos os metais preciosos e as joias raras de seu reino. Os oficiais e sua rainha combinaram de dividir os espólios e levá-los embora.

Ao ouvir isso, Ruggedo soltou um berro de raiva e começou a dançar para cima e para baixo, rolando os olhos, batendo os dentes e balançando os braços furiosamente. E então, em um êxtase de fúria, ele pegou o Ouvidor pelas orelhas e puxou-as, torcendo-as com muita crueldade; mas Kaliko agarrou o cetro do rei e usou-o para bater nos dedos dele, fazendo com que Ruggedo soltasse as orelhas e começasse a perseguir o Mordomo Real ao redor do trono.

O Ouvidor tirou vantagem dessa oportunidade para esgueirar-se pela caverna e escapar, e depois que o rei se cansou de perseguir Kaliko, jogou-se no trono e tentou recuperar o fôlego, enquanto encarava malignamente seu súdito desafiador.

– É melhor poupar sua força para combater o inimigo – sugeriu Kaliko. – Haverá uma batalha terrível quando o Exército de Oogaboo chegar aqui.

– O exército não chegará aqui – disse o rei, ainda tossindo e ofegante. – Eu vou jogá-los pelo Tubo Oco, cada homem e cada mulher deles.

– E desafiar Tititi-Hoochoo? – perguntou Kaliko.

– Sim. Vá imediatamente ao meu Mágico-Chefe e ordene que ele vire o caminho na direção do Tubo Oco e que deixe a ponta do Tubo invisível, para que todos eles caiam lá dentro.

Kaliko saiu sacudindo a cabeça, pois achava que Ruggedo estava cometendo um grande erro. Ele encontrou o Mágico, e o caminho foi desviado até chegar diretamente à abertura do Tubo Oco, a qual ele tornou invisível.

Depois de obedecer às ordens de seu amo, o Mordomo Real foi para seus aposentos e começou a escrever cartas de recomendação para si mesmo, dizendo que era um homem honesto, um bom criado e que comia pouco.

– Muito em breve – disse ele para si mesmo – precisarei procurar outro emprego, já que com certeza Ruggedo arruinou-se desafiando o poderoso Tititi-Hoochoo dessa maneira tão imprudente. E quando procuramos um emprego, não há nada tão efetivo quanto uma carta de recomendação.

UM TOMBO TERRÍVEL PELO TUBO

    Acredito que Policromia e talvez a rainha Ann e seu exército teriam conseguido desfazer o encantamento do Mágico-Chefe de Ruggedo se soubessem do perigo que estava em seu caminho; pois a filha do Arco-Íris era uma fada e, como Oogaboo faz parte da Terra de Oz, seus habitantes não são facilmente enganados por uma magia tão mundana quanto qualquer uma que o rei Nomo poderia ordenar. Mas ninguém suspeitava de um perigo específico até depois de entrarem na caverna de Ruggedo, por isso caminhavam bem contentes quando Tic-Tac, que marchava à frente deles, desapareceu subitamente.

    Os oficiais pensaram que ele devia ter feito uma curva, então continuaram andando, e todos desapareceram da mesma forma, um após o outro. A rainha Ann ficou bastante surpresa com isso, e, ao apressar-se adiante para descobrir o motivo, ela também desapareceu de vista.

    Cansada de tanto andar, Betsy Bobbin estava nas costas de seu pequeno e resistente burro, virada para trás e conversando com o Homem-Farrapo e Policromia, que se encontravam imediatamente atrás dela. Subitamente, Hank inclinou-se para a frente e começou a cair, e Betsy teria caído por cima da cabeça dele se não tivesse enlaçado o pescoço peludo do burro com os dois braços e se segurado com toda a força.

Só havia escuridão a seu redor, e eles não estavam caindo diretamente para baixo, mas pareciam estar escorregando por uma ladeira bastante inclinada. Os cascos de Hank estavam em contato com uma substância lisa, que o fazia escorregar com a velocidade do vento. Em um momento, Betsy sentiu os pés voarem para o alto e atingirem uma substância similar no teto. Eles estavam, na verdade, descendo o Tubo Oco, que levava para o outro lado do mundo.

– Pare, Hank... pare! – gritou a garota; mas Hank soltou um zurro queixoso, pois parar era impossível para ele.

Depois de vários minutos se passarem e nenhum mal acontecer com eles, Betsy ficou corajosa. Ela não conseguia ver nem ouvir coisa alguma, exceto o ar passando rápido por seus ouvidos enquanto desciam mais fundo pelo Tubo. Se Hank e ela estavam sozinhos, ou se os outros estavam com eles, não sabia dizer. Mas se alguém pudesse ter tirado uma fotografia com flash do Tubo naquele instante, a foto resultante seria bastante curiosa. Lá estava Tic-Tac, caído de costas e escorregando de cabeça pela inclinação. E lá estavam os oficiais do Exército de Oogaboo, todos embolados em uma multidão confusa, batendo os braços e tentando proteger o rosto das espadas tilintantes, que balançavam de um lado para o outro durante a jornada veloz e acertavam qualquer um a seu alcance. E logo depois vinha a rainha Ann, que chegara ao Tubo sentada e saiu voando com um ímpeto e um abandono que chocaram muito a pobre dama, que não fazia ideia do que acontecia com ela. E então, a uma curta distância, mas despercebidos pelos outros naquele breu onde estavam, escorregavam

Betsy e Hank, enquanto atrás deles vinham o Homem-Farrapo e Policromia, e, finalmente, Arquivos e a princesa.

Assim que caíram no Tubo, todos estavam muito aturdidos para pensar claramente, mas a viagem era longa, porque a fissura levava por dentro da terra diretamente para um lugar do lado oposto ao território do rei Nomo, e muito antes de os aventureiros chegarem ao fim, eles já conseguiam pensar direito.

– Isso é terrível, Hank! – exclamou Betsy em voz alta, e a rainha Ann a ouviu e disse:

– Você está bem, Betsy?

– Misericórdia, não! – respondeu a garotinha. – Como alguém pode estar bem quando está escorregando a cem quilômetros por minuto? – E então, após uma pausa, ela acrescentou: – Mas para onde acha que estamos indo, Vossa Majestade?

– Não faça essa pergunta, por favor! – disse o Homem-Farrapo, que estava perto o suficiente para ouvi-las. – E, por favor, também não me pergunte o motivo.

– Por quê? – disse Betsy.

– Ninguém pode dizer para onde estamos indo até chegarmos lá – respondeu o Homem-Farrapo, e então ele gritou "Ai!", porque Policromia o ultrapassara e agora estava sentada na cabeça dele.

A filha do Arco-Íris ria alegremente e de forma tão contagiante que Betsy também começou a rir, e Hank zurrou em um tom leve e simpático.

– Mesmo assim, gostaria de saber aonde vamos chegar e quando! – exclamou a garotinha.

– Tenha paciência e descobrirá, minha cara – disse Policromia. – Mas essa não é uma experiência estranha? Aqui estou eu, que moro nos céus, fazendo uma jornada pelo centro da Terra, onde nunca esperei estar!

– Como sabe que estamos no centro da Terra? – perguntou Betsy, com voz um pouco vacilante pelo nervosismo.

– Ora, não há outro lugar em que possamos estar – respondeu Policromia. – Eu ouvi falar muito dessa passagem, que foi construída por um mágico que era um grande viajante. Ele achou que isso pouparia a chatice de ter que atravessar a superfície da Terra, mas ele caiu pelo Tubo com tamanha velocidade, que foi disparado para o outro lado e acertou uma estrela no céu, que explodiu imediatamente.

– A estrela explodiu? – perguntou Betsy, admirada.

– Sim, por causa da força com que o mágico a atingiu.

– E o que aconteceu com o mágico? – perguntou a garota.

– Ninguém sabe – respondeu Policromia. – Mas não acho que faça muita diferença.

– Faz bastante, se também atingirmos as estrelas quando sairmos – disse a rainha Ann, com um gemido.

– Não se preocupe – aconselhou Policromia. – Acho que o mágico estava indo para o outro lado e provavelmente muito mais rápido do que nós.

– É rápido o bastante para mim – observou o Homem-Farrapo, gentilmente retirando o pé de Policromia de seu olho esquerdo. – Você não consegue cair sozinha, meu bem?

– Vou tentar – riu a filha do Arco-Íris.

Esse tempo todo eles estavam caindo rapidamente pelo Tubo, e não era assim tão fácil para eles conversarem como você pode pensar ao ler essas palavras. Mas apesar de estarem tão desamparados e completamente na escuridão a respeito do que os aguardava, o fato de poderem conversar os alegrava.

Arquivos e Ozga também conversavam enquanto seguravam com força um no outro, e o jovem tentava bravamente tranquilizar a princesa, apesar de estar assustado, tanto por ela quanto por ele.

Sob circunstâncias tão difíceis, uma hora é um longo tempo, e eles continuaram em sua jornada amedrontadora por mais tempo que isso. E então, quando começaram a temer que o Tubo não fosse terminar nunca, Tic-Tac surgiu em plena luz do dia e, após fazer um círculo gracioso no ar, caiu com estardalhaço em uma grande fonte de mármore.

E depois vieram os oficiais, em uma rápida sucessão, dando cambalhotas e atingindo o chão de forma pouco digna.

– Pelo amor de sassafrás! – exclamou uma Pessoa Peculiar que capinava violetas róseas em um jardim. – O que significa isso?

Como resposta, a rainha Ann surgiu do Tubo, voou pelo ar, na altura das árvores, e caiu bem em cima da cabeça da Pessoa Peculiar, esmagando uma coroa cheia de joias acima dos olhos dele e derrubando-o no chão.

O burro era mais pesado e ainda tinha Betsy agarrada em seu lombo, então não foi muito alto. Felizmente, para a menina que o montava, ele atingiu o chão de pé, com as quatro patas. Betsy ficou um pouco tonta, mas não se machucou. E, quando ela olhou à sua volta, viu a rainha e a Pessoa Peculiar engalfinhando-se no chão, onde o homem tentava enforcar Ann, enquanto ela estava com as duas mãos em sua vasta cabeleira, puxando com toda a sua força. Alguns de seus oficiais, quando conseguiram ficar de pé, apressaram-se para tentar separar os combatentes e segurar a Pessoa Peculiar para que não atacasse mais a rainha deles.

Nesse momento, o Homem-Farrapo, Policromia, Ozga e Arquivos já tinham chegado e estavam examinando o país estranho onde se encontravam e que sabiam estar no lado oposto do mundo de onde tinham caído do Tubo. Era na verdade um lugar adorável, e parecia ser o jardim de um grande príncipe, já que através das árvores e arbustos eles podiam ver as torres de um castelo imenso. Mas, até o momento, o único habitante a cumprimentá-los fora a Pessoa Peculiar já mencionada, que tinha se soltado dos oficiais sem muito esforço e tentava agora tirar a coroa danificada de cima de seus olhos.

O Homem-Farrapo, sempre educado, ajudou-o na tarefa e, quando o homem estava livre e podia enxergar novamente, ele olhou para seus visitantes com uma admiração evidente.

– Ora, ora, ora! – exclamou ele. – De onde vieram e como chegaram aqui?

Betsy tentou responder, já que a rainha Ann estava carrancuda e calada.

– Não sei dizer exatamente de onde viemos, pois não sei o nome do lugar – disse a garota –, mas chegamos aqui através do Tubo Oco.

– Não chame o Tubo de "oco", por favor! – exclamou a Pessoa Peculiar, com um tom de voz irritado. – Se é um tubo, com certeza é oco.

– Por quê? – perguntou Betsy.

– Porque todos os tubos são feitos dessa forma. Mas esse tubo é propriedade particular, e todos estão proibidos de cair nele.

– Não caímos de propósito – explicou Betsy, e Policromia acrescentou: – Estou bem certa de que Ruggedo, o rei Nomo, empurrou-nos dentro do Tubo.

– Rá! Ruggedo! Você disse Ruggedo?! – gritou o homem, ficando bastante empolgado.

– Foi o que ela disse – respondeu o Homem-Farrapo –, e acho que está certa. Estávamos indo conquistar o rei Nomo quando repentinamente caímos no Tubo.

– Então são inimigos de Ruggedo? – perguntou a Pessoa Peculiar.

– Não inimigos exatamente – disse Betsy, um pouco confusa com a pergunta –, porque nem o conhecemos; mas estávamos a caminho para conquistá-lo, o que não é muito amigável.

– Isso é verdade – concordou o homem. Ele olhou pensativo para eles, de um para o outro por um tempo, e depois virou a cabeça sobre o ombro e disse: – Deixem o fogo e as tenazes para lá, meus bons irmãos. Será melhor levar esses estranhos para o Cidadão Comum.

– Muito bem, Tubekins – respondeu uma voz, grave e forte, que parecia vir do próprio ar, já que o falante era invisível.

Todos os nossos amigos deram um salto ao ouvirem essa voz. Até mesmo Policromia ficou tão assustada que suas vestes delicadas flutuaram ao redor dela como um estandarte ao vento. O Homem-Farrapo sacudiu a cabeça e deu um suspiro; a rainha Ann parecia muito infeliz; os oficiais seguravam-se uns nos outros, tremendo violentamente.

Mas em pouco tempo eles criaram coragem para olhar mais de perto para a Pessoa Peculiar. Como ele era do mesmo tipo que todos os habitantes dessa terra extraordinária que eles conhecerão depois, tentarei explicar sua aparência.

Seu rosto era bonito, mas não tinha expressão. Seus olhos eram grandes e da cor azul. Os dentes eram bastante retos e brancos como a neve. Seu cabelo era preto e cheio, e parecia inclinado a cachear nas pontas. Até agora ninguém conseguia encontrar algo de errado em sua aparência. Ele vestia um robe escarlate que não cobria os braços e ia somente até os joelhos. No peitoral do robe estava bordada uma cabeça de dragão terrível, tão horrorosa de olhar quanto o homem era bonito. Seus braços e pernas estavam descobertos, e a pele de um dos braços era amarela-brilhante, e a pele do outro braço era de um verde-vívido. Ele tinha uma perna azul e uma cor-de-rosa, enquanto os pés, que apareciam nas sandálias abertas que ele calçava, eram pretos.

Betsy não conseguia decidir se essas cores maravilhosas eram tintas ou a cor natural da pele dele, mas enquanto pensava nisso, o homem que fora chamado de "Tubekins" disse:

– Sigam-me para a Residência... todos vocês!

Mas nesse instante uma voz exclamou:

– Aqui há outro deles, Tubekins, na água da fonte.

– Oh, céus! – gritou Betsy. – Deve ser Tic-Tac, e ele vai se afogar.

– A água não faz bem para as engrenagens dele – concordou o Homem-Farrapo, enquanto eles iam ao mesmo tempo para a fonte. Mas antes de chegarem lá, mãos invisíveis tiraram Tic-Tac da bacia de mármore e o colocaram de pé ao lado dela, com água pingando de cada articulação de seu corpo.

– Mui-to agra-de-ci-do! – disse ele; e aí sua mandíbula de cobre fechou-se com um clique e ele não conseguiu dizer mais nada. Depois, ele tentou andar, mas após várias tentativas desajeitadas, percebeu que não conseguia mover suas articulações.

Risadas ruidosas de pessoas que ninguém via ecoaram após a falha de Tic-Tac, e os recém-chegados a essa terra estranha acharam muito desconfortável perceber que havia muitas criaturas ao redor deles que eram invisíveis, mas podiam ser ouvidas em alto e bom som.

– É melhor dar corda nele? – perguntou Betsy, sentindo muita pena de Tic-Tac.

– Acho que tem corda na engrenagem dele; mas precisa de lubrificação – respondeu o Homem-Farrapo.

Imediatamente surgiu uma lata de óleo na frente dele, suspensa na altura de seus olhos por uma mão invisível. O Homem-Farrapo pegou a lata de óleo e tentou lubrificar as articulações de Tic-Tac. Como se quisesse ajudá-lo, uma forte corrente de ar quente foi dirigida para o homem de cobre e secou-o rapidamente. Em pouco tempo ele conseguiu dizer "Mui-to agra-de-ci-do!!", bem suavemente, e suas articulações já funcionavam bastante bem.

– Venham! – ordenou Tubekins, e, virando as costas para eles, pegou o caminho que levava ao castelo.

– Devemos ir? – perguntou a rainha Ann, incerta; mas logo recebeu um empurrão que quase fez com que caísse de cabeça; então decidiu ir.

Os oficiais que hesitaram, receberam vários chutes enérgicos, mas não conseguiram ver quem os chutava; portanto, também decidiram ir, bastante sabiamente. Os outros seguiram com boa vontade, e a não ser que quisessem aventurar-se em outra jornada terrível através do Tubo, eles deviam aproveitar ao máximo o país em que estavam, e o melhor a fazer era seguir as ordens.

A FAMOSA SOCIEDADE DAS FADAS

Depois de uma curta caminhada por belos jardins, eles chegaram ao castelo e seguiram Tubekins pela entrada até uma grande câmara abobadada, onde ele ordenou que se sentassem.

Pela coroa que ele usava, Betsy achou que esse homem devia ser o rei do país em que estavam. Mesmo assim, depois de ter feito todos os estranhos sentarem-se em bancos que estavam dispostos em um semicírculo diante de um trono alto, Tubekins curvou-se humildemente diante do trono vazio e em um lampejo ficou invisível e desapareceu.

O saguão era um lugar imenso, mas parecia não haver ninguém ali além deles. Em pouco tempo, porém, ouviram uma tosse baixa perto deles, e aqui e ali havia o leve farfalhar de vestes e o tamborilar suave de passos. E então, subitamente, ouviram o clangor claro de um sino, e com aquele som tudo mudou.

Olhando pelo saguão, admirados, eles viram que estava repleto de centenas de homens e mulheres, todos com belos rostos e atentos olhos azuis, e todos vestindo robes escarlates e com coroas repletas de joias na cabeça. Na verdade, essas pessoas pareciam ser réplicas exatas de Tubekins e era difícil encontrar qualquer marca que pudesse diferenciá-los.

– Céus! Quantos reis e rainhas! – sussurrou Betsy para Policromia, que estava sentada a seu lado e parecia muito interessada na cena, mas nem um pouco preocupada.

– Certamente é uma visão estranha – foi a resposta de Policromia –, mas não entendo como pode haver mais de um rei, ou rainha, em qualquer país, pois com todos esses governantes, não tem como saber quem é o mestre.

Um dos reis, que estava por perto e ouviu essa observação, virou-se para ela e disse:

– Aquele que é mestre de si mesmo, sempre é um rei, ainda que só para si. Nessa terra privilegiada, todos os reis e rainhas são iguais, e é nosso privilégio nos curvarmos perante um governante supremo: o Cidadão Comum.

– Quem é ele? – perguntou Betsy.

Como que para responder a ela, o sino soou claramente mais uma vez e instantaneamente surgiu, sentado no trono, o homem que era senhor e mestre de todos esses nobres. Esse fato ficou evidente quando todos caíram de joelhos ao mesmo tempo e tocaram o chão com a testa.

O Cidadão Comum não era diferente dos outros, exceto por seus olhos, que eram pretos em vez de azuis, e no centro das íris negras brilhavam faíscas vermelhas, que pareciam brasas em chamas. Mas seus traços eram bastante belos e dignos, e seu comportamento era tranquilo e majestoso. Em vez do predominante robe escarlate, o que ele vestia era branco, e o mesmo dragão que decorava os outros estava bordado em seu peito.

– Qual a acusação contra essas pessoas, Tubekins? – perguntou ele em um tom baixo e controlado.

– Eles chegaram aqui pelo Tubo Proibido, ó Cidadão Poderoso – foi a resposta.

– Veja bem, foi assim que aconteceu – disse Betsy. – Estávamos marchando para o rei Nomo, para conquistá-lo e libertar o irmão do Homem-Farrapo, quando subitamente...

– Quem é você? – indagou o Cidadão Privado austeramente.

– Eu? Oh, sou Betsy Bobbin e...

– Quem é o líder desse grupo? – perguntou o Cidadão.

– Eu sou a rainha Ann de Oogaboo, senhor, e...

– Então fique calada – disse o Cidadão. – Quem é o líder?

Ninguém respondeu na hora. Então o general Pãezinhos levantou-se.

– Sente-se! – ordenou o Cidadão. – Estou vendo que dezesseis de vocês são simplesmente oficiais, sem nenhuma importância.

– Mas temos um exército – disse o general Relógios, falando bem alto, pois não gostava de ouvir que não tinha importância.

– E onde está seu exército? – perguntou o Cidadão.

– Sou eu – disse Tic-Tac, com voz que soava um tanto enferrujada. – Sou o úni-co Sol-da-do Co-mum do gru-po.

Ao ouvir isso, o Cidadão levantou-se e curvou-se respeitosamente para o Homem-Máquina.

– Perdoe-me por não ter percebido antes sua importância – disse ele. – Por obséquio, faria a gentileza de sentar-se a meu lado no meu trono?

Tic-Tac levantou-se e andou até o trono, todos os reis e rainhas abrindo caminho para ele. E com passos barulhentos ele subiu na plataforma e sentou-se no assento largo ao lado do Cidadão.

Ann ficou muitíssimo irritada com essa demonstração de deferência para com o humilde Homem-Máquina, mas o Homem-Farrapo parecia muito satisfeito de o governante desse país notável ter reconhecido a importância de seu velho amigo. O Cidadão começou então a questionar Tic-Tac, que contou, com sua voz mecânica, sobre a busca do Homem-Farrapo por seu irmão desaparecido, e como Ozma de Oz mandara o

Homem-Máquina para ajudá-lo, e como se juntaram à rainha Ann e seu povo de Oogaboo. E ele também contou como Betsy, Hank, Policromia e a Rosa Princesa tinham se juntado ao grupo.

– E vocês pretendiam conquistar Ruggedo, o Monarca do Metal e rei dos nomos? – perguntou o Cidadão.

– Sim. Pa-re-cia ser a úni-ca coi-sa que po-día-mos fa-zer – foi a resposta de Tic-Tac. – Mas ele foi es-per-to de-mais pa-ra nós. Quan-do nos apro-xi-ma-mos de sua ca-ver-na, ele fez nos-so ca-mi-nho ir para o Tu-bo e dei-xou a aber-tu-ra in-vi-sí-vel, de for-ma que to-dos nós caí-mos an-tes de sa-ber-mos que ela es-ta-va ali. Foi uma for-ma fá-cil de li-vrar-se de nós, e ago-ra Rug-ge-do es-tá se-gu-ro, e nós es-ta-mos mui-to lon-ge, em uma ter-ra es-tra-nha.

O Cidadão ficou quieto por um momento e parecia estar pensando. E então ele disse:

– Nobilíssimo soldado, devo informá-lo de que, pelas leis do nosso país, qualquer um que venha pelo Tubo Proibido deve ser torturado por nove dias e dez noites e depois jogado novamente dentro do Tubo. Mas é sábio desconsiderar as leis quando elas entram em conflito com a justiça, e parece que você e seus seguidores não as desobedeceram por vontade própria, tendo sido forçados a caminhar para dentro do Tubo por Ruggedo. Portanto, a culpa é apenas do rei Nomo, e apenas ele deve ser punido.

– Isso é bom o su-fi-ci-en-te para mim – disse Tic-Tac. – Mas Rug-ge-do es-tá do ou-tro la-do do mun-do, fo-ra do seu al-can-ce.

O Cidadão levantou-se, com muito orgulho.

– Acha que qualquer coisa no mundo ou sobre ele possa estar fora do alcance do Grande Jinjin? – perguntou.

– Oh! En-tão o se-nhor é o Gran-de Jinjin? – perguntou Tic-Tac.

– Sou sim.

– En-tão seu no-me é Tititi-Hoochoo?

– É sim.

A rainha Ann soltou um grito e começou a tremer. O Homem-Farrapo ficou tão perturbado, que pegou um lenço e secou-lhe o suor da testa. Policromia parecia séria e preocupada pela primeira vez, enquanto Arquivos colocava os braços em volta da Rosa Princesa, como que para protegê-la. Quanto aos oficiais, o nome do Grande Jinjin fez com que começassem a gemer e chorar muito rapidamente, e todos caíram de joelhos diante do trono, implorando por misericórdia. Betsy ficou preocupada ao ver seus companheiros tão perturbados, mas não sabia o que estava acontecendo. Apenas Tic-Tac ficou indiferente com a descoberta.

– En-tão – disse ele –, se o se-nhor é o Tititi-Hoochoo e acha que a cul-pa é do Rug-ge-do, te-nho cer-te-za de que al-go de es-tra-nho vai acon-te-cer com o rei dos nomos.

– Eu me pergunto o que vai acontecer – perguntou Betsy.

O Cidadão Privado, também conhecido por Tititi-Hoochoo, o Grande Jinjin, olhou para a garotinha firmemente.

– Em pouco tempo vou decidir o que acontecerá com Ruggedo – disse ele com uma voz dura e severa. E então, virando-se para a multidão de reis e rainhas, ele continuou: – Tic-Tac falou a verdade, porque sua engrenagem não permite que ele minta, nem que seus pensamentos sejam falsos. Assim, essas pessoas não são nossos inimigos e devem ser tratadas com consideração e justiça. Podem levá-las aos seus palácios e as entretenham como convidados até amanhã, quando ordenarei que sejam trazidas novamente para minha residência. Até lá, terei formulado meus planos.

Assim que terminou de falar, Tititi-Hoochoo desapareceu de vista. Imediatamente depois, a maioria dos reis e das rainhas também desapareceu. Mas vários deles continuaram visíveis e abordaram os estranhos com muito respeito. Uma das adoráveis rainhas disse a Betsy:

– Acredito que me dará a honra de ser minha convidada. Sou Erma, a rainha da Luz.

– Hank pode vir comigo? – perguntou a garota.

– O Rei dos Animais vai cuidar de seu burro – foi a resposta. – Mas não tema por ele, pois ele será tratado como realeza. Todos do seu grupo se reunirão novamente amanhã.

– Eu... eu gostaria de ter alguém comigo – disse Betsy, suplicante.

A rainha Erma deu uma olhada em volta e sorriu para Policromia.

– A filha do Arco-Íris seria uma companhia aceitável? – perguntou ela.

– Oh, sim! – exclamou a garota.

Então, Policromia e Betsy tornaram-se convidadas da rainha da Luz, enquanto outros belos reis e rainhas responsabilizaram-se pelos demais membros do grupo.

As duas garotas seguiram Erma para fora do saguão e através dos jardins da residência até uma vila de belas casas. Nenhuma delas era tão grande ou imponente quanto o castelo do Cidadão Comum, mas eram todas belas o suficiente para serem chamadas de palácios, como eram de fato.

A ADORÁVEL DAMA DA LUZ

O palácio da rainha da Luz ficava em um pequeno monte e era um bloco de janelas de cristal, encabeçado por um enorme domo de cristal. Quando entraram pelos portais, Erma foi recebida por seis donzelas cativantes, evidentemente de alta classe, que despertaram a admiração de Betsy. Cada uma delas portava uma varinha, com um emblema da luz na ponta, e suas roupas também eram emblemáticas das luzes que elas representavam. Erma apresentou-as às suas convidadas, e cada uma delas agradeceu de forma graciosa e cortês.

A primeira foi a Luz do Sol, radiantemente bela e muito loira; a segunda foi a Luz da Lua, uma donzela amena e sonhadora, com cabelos castanho-avelã; logo depois veio a Luz das Estrelas, igualmente adorável, mas inclinada a ser retraída e tímida. Essas três usavam vestes branco-prateadas brilhantes. A quarta foi a Luz do Dia, uma donzela brilhante, com olhos sorridentes e um comportamento franco, que vestia várias cores. Logo depois veio a Luz do Fogo, com vestes de flanela da cor das chamas que bruxuleavam ao redor de sua forma bem torneada de uma maneira bastante atraente. A sexta donzela, Electra, era a mais bela de todas elas, e Betsy achou desde o começo que tanto Luz do Sol quanto Luz do Dia observavam Electra com inveja, e tinham um pouco de ciúmes dela.

Mas todas foram cordiais ao cumprimentar as estranhas, e pareciam ter muita afeição pela rainha da Luz, pois ficavam a seu redor como um grupo brilhante e radiante, enquanto ela ia em direção a sua sala de visitas real.

A rainha sentou-se para conversar com suas convidadas, que notaram que a Luz do Sol era a única donzela sentada agora ao lado de Erma. As outras tinham se retirado para outra parte do cômodo, onde se sentaram modestamente, com os braços dados, e não se intrometeram um momento sequer.

A rainha contou às estranhas tudo sobre esta linda terra, que é uma das principais moradias das fadas que atendem às necessidades dos seres humanos. Ali viviam tantas fadas importantes que, para evitar rivalidades, elegeram como governante a única personalidade no país que não tinha obrigações a desempenhar para com a humanidade, e era, de fato, um Cidadão Comum. O nome desse governante, ou Jinjin, que era seu título, era Tititi-Hoochoo, e a coisa mais peculiar a respeito dele é que não tinha coração. Mas em vez disso, possuía um alto grau de bom senso e justiça. E por mais que não tivesse misericórdia em suas decisões, ele nunca punia injustamente ou sem motivo. Para os malfeitores, Tititi-Hoochoo era tão terrível quanto sem coração, mas os inocentes de qualquer mal não precisavam temê-lo.

Todos os reis e rainhas desta terra de fadas reverenciavam Jinjin, pois assim como esperavam que os outros os obedecessem, eles obedeciam a única autoridade acima deles.

Os habitantes da Terra de Oz ouviram muitas histórias desse Jinjin terrivelmente justo, cujas punições eram sempre equivalentes às faltas cometidas. Policromia também já ouvira falar dele, apesar de essa ser a primeira vez que o via frente a frente. Mas para Betsy a história era inédita, e ela estava muitíssimo interessada em Tititi-Hoochoo, de quem ela já não tinha mais medo.

O tempo passou rapidamente enquanto conversavam, e de súbito Betsy percebeu que Luz da Lua estava sentada ao lado da rainha da Luz, em vez da Luz do Dia.

– Mas me diga, por favor – pediu ela –, por que todos vocês andam com uma cabeça de dragão bordada nas roupas?

O rosto agradável de Erma ficou sério enquanto ela respondia:

– O dragão, como deve saber, foi a primeira criatura viva a ser criada; portanto, ele é a criatura mais velha e mais sábia de todas. Fomos abençoados pelo fato de o Dragão Original, que ainda está vivo, morar nessa terra e nos fornecer sabedoria sempre que precisamos. Ele é tão antigo quanto o próprio mundo, e lembra-se de tudo que aconteceu desde que o mundo foi criado.

– Ele teve filhos? – perguntou a garota.

– Sim, teve vários. Alguns vagaram para outras terras, onde os homens, sem entendê-los, guerrearam contra eles; mas muitos ainda residem neste país. Nenhum, entretanto, é tão sábio quanto o Dragão Original, por quem temos um enorme respeito. Ele foi o primeiro residente aqui, e usamos esse emblema da cabeça de dragão para mostrar que somos pessoas abençoadas como as únicas a terem direito de viver aqui nesta terra das fadas, que quase se iguala à Terra das Fadas de Oz em beleza, e ultrapassa-a, bastante, em poder.

– Entendo agora a questão do dragão – disse Policromia, acenando a cabeça adorável. Betsy não entendeu muito bem, mas nesse momento estava mais interessada em observar as luzes que mudavam. Assim como a Luz do Dia tinha dado lugar à Luz da Lua, agora a Luz das Estrelas sentava-se à direita de Erma, a rainha, e com sua chegada um espírito de paz e contentamento parecia preencher o cômodo. Policromia, sendo uma fada, tinha muitas perguntas sobre os vários reis e rainhas que viviam neste lugar tão isolado e distante, e antes de Erma terminar de respondê-las, um brilho rosado encheu o cômodo, e a Luz do Fogo tomou seu lugar ao lado da rainha.

Betsy gostava da Luz do Fogo, mas ficar admirando seus traços brilhantes e quentes fez a garotinha ficar sonolenta, e em pouco tempo ela começou a cochilar. Por isso, Erma levantou-se e tomou gentilmente a mão de Betsy.

– Venha – disse ela –, chegou a hora do banquete, e ele já está servido.

– Isso é ótimo! – exclamou a pequena mortal. – Agora que parei para pensar nisso, estou faminta. Mas talvez não consiga comer sua comida de fadas.

A rainha sorriu e levou-a até uma passagem. Ao empurrar uma cortina pesada, elas foram recebidas por um jorro de luz prateada, e Betsy viu diante de si um salão de jantar esplêndido, com a mesa posta, coberta por uma toalha alva como a neve, cristais e prataria. De um lado havia uma cadeira larga que mais parecia um trono para Erma, e a seu lado agora se sentava a donzela brilhante Electra. Policromia foi colocada à direita da rainha e Betsy à esquerda. As outras cinco mensageiras da luz agora as serviam, e cada pessoa recebeu apenas a comida de que mais gostava. Policromia encontrou seu prato cheio de orvalho, fresco e brilhante, enquanto Betsy foi servida tão suntuosamente, que decidiu que nunca mais comeria um jantar a não ser que pelo menos fosse metade deste.

– Eu imagino que a senhorita Electra seja a mais nova dessas garotas – disse ela para a rainha.

– Por que acha isso? – indagou Erma, com um sorriso.

– Porque a eletricidade é a luz mais nova que conhecemos. Não foi o senhor Thomas Edison quem a descobriu?

– Talvez ele tenha sido o primeiro mortal a descobri-la – respondeu a rainha. – Mas a eletricidade é parte do mundo desde sua criação, e assim minha Electra é tão antiga quanto a Luz do Dia ou a Luz da Lua, e igualmente beneficente tanto para mortais quanto para fadas.

Betsy ficou pensativa por um tempo. Então comentou, enquanto observava as seis mensageiras da luz:

– Não poderíamos viver bem sem nenhuma delas, não é?

Erma riu suavemente.

– Tenho certeza de que eu não poderia – respondeu ela –, e acho que os mortais sentiriam muita falta de qualquer uma das minhas donzelas, também. A Luz do Dia não pode substituir a Luz do Sol, que nos dá força e energia. A Luz da Lua tem seu valor quando a Luz do Dia, exausta de sua longa vigília, retira-se para descansar. Se a Lua, em seu percurso, estiver escondida por trás da borda da Terra, e minha doce Luz da Lua não puder nos alegrar, a Luz das Estrelas a substitui, pois os céus sempre dão poder a ela. Sem a Luz do Fogo, perderíamos muito do nosso calor e conforto, assim como muito da nossa alegria ao estarmos fechados dentro das paredes das casas. Mas sempre, quando as outras luzes nos abandonam, nossa gloriosa Electra está pronta para nos inundar com raios brilhantes. Como rainha da Luz, amo todas as minhas donzelas, pois sei que são fiéis e verdadeiras.

– Eu as amo também! – declarou Betsy. – Mas às vezes, quando estou com muito sono, não me entendo bem com nenhuma luz.

– Está com sono agora? – perguntou Erma, pois o banquete terminara.

– Um pouco – admitiu a garotinha.

Então, Electra levou-a a um belo cômodo onde havia uma cama macia e branca, e esperou pacientemente enquanto Betsy tirava a roupa e vestia uma camisola sedosa e brilhante que estava ao lado do seu travesseiro. Depois, a donzela da luz deu-lhe um boa-noite e abriu a porta.

Quando ela a fechou após sair, Betsy ficou na escuridão. Depois de seis piscadas, a garotinha adormeceu.

O JULGAMENTO JUSTO DE JINJIN

Todos os aventureiros estavam reunidos na manhã seguinte quando foram trazidos dos vários palácios para a residência de Tititi-Hoochoo e levados para o grande Saguão de Estado.

Como da última vez, todos estavam invisíveis, exceto nossos amigos e suas escoltas, até o primeiro sino soar. E então, em um lampejo, toda a sala foi preenchida com belos reis e rainhas daquela terra. O segundo sino marcou a aparição no trono do poderoso Jinjin, cujo belo semblante estava tão composto e sem expressão como de costume.

Todos curvaram-se diante de seu governante. Com voz baixa, murmuravam: "Cumprimentamos o Cidadão Comum, o governante mais poderoso, cuja palavra é lei e cuja lei é justa".

Tititi-Hoochoo curvou-se em agradecimento. E então, olhando ao redor da assembleia brilhante, e para o pequeno grupo de aventureiros diante dele, disse:

– Uma coisa incomum aconteceu. Habitantes de terras diferentes, que são diferentes de nós em muitos aspectos, foram atirados sobre nós através do Tubo Proibido, que um dos nossos criou tolamente anos atrás e foi punido por sua insensatez. Mas esses estranhos não tinham desejo algum de vir até aqui e foram malignamente enfiados no Tubo por um maléfico rei do outro lado do mundo, chamado Ruggedo. Esse rei é um imortal, mas ele não é bom. Seus poderes mágicos mais prejudicam do que ajudam a humanidade. Por ter mantido o irmão do Homem-Farrapo como prisioneiro injustamente, esse pequeno grupo de pessoas honestas, formado de mortais e imortais, estava determinado a conquistar Ruggedo e puni--lo. Temendo que eles alcançassem seu objetivo, o rei Nomo os enganou de forma a caírem no Tubo. Então, esse mesmo Ruggedo foi advertido por mim, muitas vezes, de que se usasse esse Tubo Proibido, de qualquer forma, ele seria punido severamente. Descobri, ao consultar os Registros Feéricos, que um servo do rei, um nomo chamado Kaliko, implorou que seu amo não cometesse um ato tão errado quanto jogar essas pessoas no Tubo e mandá-las aos trambolhões para nosso país. Mas Ruggedo desafiou a mim e às minhas ordens. Portanto, esses estrangeiros são inocentes de qualquer erro. Apenas Ruggedo merece punição, e eu o punirei – ele parou por um momento e prosseguiu com a mesma voz fria e impiedosa.

– Esses estranhos devem voltar pelo Tubo para seu próprio lado do mundo; mas deixarei a queda deles mais suave e agradável do que foi antes. Além disso, enviarei com eles um Instrumento de Vingança, que em meu nome expulsará Ruggedo de suas cavernas subterrâneas, tirará seus poderes mágicos e o transformará em um errante sem-teto na face da Terra, um lugar que ele detesta.

Houve um pequeno murmúrio de horror dos reis e rainhas quanto à rispidez dessa punição, mas ninguém pronunciou um só protesto, pois perceberam que a sentença era justa.

— Ao selecionar meu Instrumento de Vingança — continuou Tititi-Hoochoo —, eu percebi que essa missão será desagradável. Assim, nenhum de nós que somos inocentes deve ser forçado a realizá-la. Nesta terra maravilhosa, é muito raro alguém ser culpado, mesmo no mais baixo dos graus, e ao examinar os Registros vi que nenhum dos reis ou rainhas havia errado. Tampouco nenhum de seus seguidores ou servos fez algo de errado. Mas finalmente cheguei à Família Dracônica, que respeitamos muito, e foi ali que descobri o erro de Quox. Quox, como sabem muito bem, é um dragão jovem que ainda não obteve a sabedoria de sua raça. Devido a essa falta, ele desrespeitou o Dragão Original, dizendo uma vez que ele não se metesse no assunto dos outros e depois que o Ancião tinha perdido o juízo com a idade. Sabemos que os dragões não são como as fadas e não podem ser completamente guiados por nossas leis. Ainda assim, tamanho desrespeito como esse mostrado por Quox não deve passar despercebido por nós. Assim, ele foi escolhido como meu Instrumento de Vingança real e deverá atravessar o Tubo com essas pessoas e infligir sobre Ruggedo a punição que decretei.

Todos ouviram esse discurso em silêncio, e então os reis e rainhas curvaram-se com seriedade para demonstrar sua aprovação ao julgamento do Jinjin.

Tititi-Hoochoo virou-se para Tubekins.

— Eu o ordeno a escoltar esses estrangeiros até o Tubo e garantir que todos entrem nele.

O rei do Tubo, que foi o primeiro a descobrir nossos amigos e os trouxe diante do Cidadão Comum, deu um passo à frente e curvou-se. Ao fazê-lo, Jinjin e todos os reis e rainhas subitamente desapareceram, e apenas Tubekins continuou visível.

— Muito bem — disse Betsy, com um suspiro. — Não me importo tanto assim em voltar, porque Jinjin prometeu que deixaria mais fácil para nós.

Na verdade, a rainha Ann e seus oficiais eram os únicos que pareciam solenes e com medo da viagem de volta. Uma coisa que incomodava Ann era seu fracasso em conquistar essa terra de Tititi-Hoochoo. Enquanto seguiam seu guia pelos jardins até a boca do Tubo, ela disse para o Homem-Farrapo:

– Como posso conquistar o mundo, se for embora e deixar este país tão rico sem tê-lo conquistado?

– Não pode – respondeu ele. – Mas, por favor, não me pergunte por quê, pois não posso informá-la se você não souber.

– Por que não? – disse Ann; mas o Homem-Farrapo não prestou atenção à pergunta.

Essa ponta do Tubo tinha uma borda prateada, e em volta dela havia um corrimão dourado com um cartaz afixado que trazia as seguintes palavras:

SE ESTIVER DO LADO DE FORA, CONTINUE.
SE ESTIVER DO LADO DE DENTRO, NÃO SAIA.

Em uma pequena placa prateada na entrada do Tubo estavam gravadas essas palavras:

ESCAVADO E CONSTRUÍDO POR
HIERGARGO, O MÁGICO
NO ANO DO MUNDO
1 9 6 2 5 4 7 8
PARA SEU USO EXCLUSIVO.

– Devo dizer que ele era um construtor e tanto – observou Betsy, após ler a inscrição –, mas se soubesse a respeito da estrela, imagino que teria passado seu tempo jogando paciência.

– Bem, o que estamos esperando? – perguntou o Homem-Farrapo, que estava impaciente para começarem.

– Quox – respondeu Tubekins. – Mas acho que o ouço chegando.

– O jovem dragão é invisível? – perguntou Ann, que nunca vira um dragão vivo e estava com um pouco de medo de encontrar um.

– Na verdade, não – respondeu o rei do Tubo. – Vai vê-lo num instante; mas antes de se despedirem, tenho certeza de que desejará que ele vá.

– Então ele é perigoso? – indagou Arquivos.

– De forma alguma. Mas Quox me cansa terrivelmente – disse Tubekins –, e prefiro o espaço que ele ocupa à sua companhia.

Naquele instante, um som de algo que raspava foi ouvido, chegando cada vez mais perto, até um enorme dragão surgir dentre dois grandes arbustos, aproximando-se do grupo, acenando a cabeça e dizendo:

– Bom dia.

Se Quox fosse um pouquinho tímido, tenho certeza de que teria se sentido desconfortável com os olhares perplexos das pessoas do grupo, exceto Tubekins, é claro, que não estava perplexo porque via Quox com bastante frequência.

Betsy pensara que um "jovem" dragão seria um dragão pequeno, mas aqui estava um tão enorme que a garota achou que ele já devia ser crescido, até mesmo crescido demais. Seu corpo tinha uma adorável cor azul-celeste e estava coberto por escamas prateadas, brilhantes, cada uma do tamanho de uma bandeja. Em volta de seu pescoço havia uma fita cor-de-rosa com um laço abaixo da sua orelha esquerda, e sob a fita aparecia uma corrente de pérolas à qual estava preso um medalhão dourado da largura de um bumbo. Esse medalhão era enfeitado com várias joias muito bonitas.

A cabeça e a cara de Quox não eram exatamente feias, quando se levava em conta que ele era um dragão; mas seus olhos eram tão grandes, que demorava um longo tempo para piscar, e seus dentes pareciam muito afiados e terríveis quando apareciam, o que acontecia sempre que a besta sorria. Além disso, suas narinas eram bem grandes e largas, e aqueles que ficavam perto dele sentiriam cheiro de enxofre, especialmente quando ele cuspia fogo, que é da natureza dos dragões fazer. Na ponta da sua longa cauda, estava presa uma grande lâmpada.

Talvez a coisa mais peculiar sobre a aparência do dragão nesse momento era o fato de que ele tinha uma fila de assentos presa às suas costas, um para cada membro do grupo. Esses assentos eram duplos, com encostos curvados, todos presos firmemente em volta do corpo largo do dragão e colocados um atrás do outro, em uma fileira que se estendia de seus membros dianteiros até quase chegar à sua cauda.

– A-há! – exclamou Tubekins. – Vejo que Tititi-Hoochoo transformou Quox em uma carruagem.

– Fico contente – disse Betsy. – Espero, senhor Dragão, que não se importe que montemos em suas costas.

– Nem um pouco – respondeu Quox. – Estou em desgraça por agora, vocês sabem, e o único modo de redimir meu bom nome é obedecendo às ordens de Jinjin. Se ele me transformou em um animal de carga, é apenas parte da minha punição, e devo suportá-la como um dragão. Não culpo vocês, pessoas, de forma alguma, e espero que aproveitem o passeio. Todos a bordo para o outro lado do mundo!

Eles tomaram seus lugares. Hank sentou-se na frente, junto com Betsy, para que pudesse colocar seus cascos na cabeça do dragão. Atrás deles estavam o Homem-Farrapo e Policromia, depois Arquivos e a princesa, e a rainha Ann e Tic-Tac. Os oficiais foram nos assentos finais. Quando todos estavam cada qual em seu lugar, o dragão parecia bastante um desses transportes de turismo tão comuns em cidades grandes. A única diferença era que ele tinha pernas em vez de rodas.

– Todos prontos? – perguntou Quox, e quando disseram que sim, ele rastejou até a entrada do Tubo e colocou a cabeça lá dentro.

– Adeus e boa sorte para vocês! – gritou Tubekins; mas ninguém pensou em responder, porque naquele momento o dragão escorregou o corpo enorme para dentro do Tubo e a jornada para o outro lado do mundo teve início.

A princípio eles foram tão rápido que mal conseguiram recuperar o fôlego, mas em pouco tempo Quox desacelerou e disse com uma risada cacarejante:

– Pelas minhas escamas! Esse foi um senhor tombo. Acho que vou ir com calma e cair mais devagar, ou é capaz de eu ficar tonto. O outro lado do mundo fica longe?

– Você nunca atravessou o Tubo antes? – perguntou o Homem-Farrapo.

– Nunca. Nem ninguém mais no nosso país; pelo menos não desde que nasci.

– E quanto tempo faz isso? – perguntou Betsy.

– Que eu nasci? Ah, não faz muito. Eu sou uma simples criança. Se não fosse enviado nessa jornada, celebraria meu terceiro milésimo quinquagésimo sexto aniversário na próxima quinta-feira. Minha mãe ia fazer um bolo de aniversário com três mil e cinquenta e seis velas de aniversário nele; mas agora, naturalmente, não haverá celebração, pois acho que não chegarei em casa a tempo.

– Três mil e cinquenta e seis anos! – exclamou Betsy. – Ora, não fazia ideia de que algo podia viver tanto tempo assim!

– Meu ancestral respeitado, que eu chamaria de velho charlatão estúpido se não tivesse me endireitado, é tão velho que eu sou apenas um bebê se comparado a ele – disse Quox. – Ele vem desde o início do mundo, e insiste em nos contar histórias de coisas que aconteceram cinquenta mil anos atrás, que não interessam nem um pouco para jovens como eu. Na verdade, o vovô simplesmente não se atualiza. Ele vive completamente no passado, então não consigo ver nenhum bom motivo para ele estar vivo hoje em dia... Vocês estão conseguindo ver o caminho, ou devo aumentar a luz?

– Oh, estamos vendo muito bem, obrigada; é só que não há nada para ser visto além de nós mesmos – respondeu Betsy.

Isso era verdade. Os enormes olhos do dragão eram como faróis de um automóvel e iluminavam o Tubo muito além deles. Além disso, ele dobrou sua cauda para cima para que a lâmpada na ponta permitisse que vissem um ao outro bem claramente. Mas o Tubo era apenas feito de metal escuro, tão liso quanto vidro, mas do mesmo jeito de uma ponta até a outra. Portanto, não havia cenários interessantes para entreter a viagem.

Eles agora caíam tão suavemente, que a viagem mostrava-se confortável, como Jinjin prometera que seria; mas isso significava uma jornada mais longa, e a única forma de fazer o tempo passar era a conversa. O dragão parecia ser um conversador de boa vontade e persistente, e era tão interessante para eles, que o encorajavam a continuar falando. Sua voz era um pouco áspera, mas não era desagradável depois que se acostumava com ela.

– Meu único medo – disse ele, pouco tempo depois – é que esse deslizamento constante pela superfície do Tubo cegue minhas garras. Vejam só, esse buraco não vai direto para baixo, mas é uma ladeira inclinada, então em vez de cair livremente pelo ar, eu tenho que ir deslizando pelo Tubo. Felizmente, tenho uma lixa junto com as minhas ferramentas, e se minhas garras ficarem cegas, posso afiá-las novamente.

– Por que quer garras afiadas? – perguntou Betsy.

– Elas são minhas armas naturais, e não pode se esquecer de que fui enviado para conquistar Ruggedo.

– Oh, não precisa preocupar-se com isso – disse a rainha Ann, da maneira mais altiva possível –, pois quando chegarmos até Ruggedo, meu exército invencível e eu conseguiremos conquistá-lo sem sua ajuda.

– Muito bem – respondeu o dragão, alegremente. – Isso vai me poupar de um trabalho muito chato, caso sejam bem-sucedidos. Mas acho que afiarei minhas garras do mesmo jeito.

Ele soltou um longo suspiro ao dizer isso, e um rio de chamas, de alguns metros, saiu de sua boca. Betsy estremeceu, e Hank zurrou, enquanto alguns dos oficiais gritaram de terror. Mas o dragão não percebeu que pudesse ter feito algo além do normal.

– Tem fogo dentro de você? – perguntou o Homem-Farrapo.

– É claro – respondeu Quox. – Que tipo de dragão seria eu se meu fogo acabasse?

– O que mantém ele aceso?

– Não faço ideia. Só sei que está ali – disse Quox. – O fogo me mantém vivo e permite que eu me mova; que eu pense e fale também.

– Ah! Vo-cê se pa-re-ce mui-to co-mi-go – disse Tic-Tac. – A úni-ca di-fe-ren-ça é que eu me mo-vo com uma en-gre-na-gem, en-quan-to vo-cê se mo-ve com fo-go.

– Não vejo sequer uma partícula de semelhança entre nós, devo confessar – respondeu Quox, rispidamente. – Você não é uma coisa viva; é um boneco.

– Mas pos-so fa-zer coi-sas, tem que ad-mi-tir – disse Tic-Tac.

– Sim, quando lhe dão corda – desdenhou o dragão. – Mas se ela acabar, você fica indefeso.

– O que aconteceria com você, Quox, se acabasse sua gasolina? – perguntou o Homem-Farrapo, que não gostou desse ataque a seu amigo.

– Não uso gasolina.

– Bem, imagine que seu fogo acabasse.

– E por que pensar numa coisa dessas? – perguntou Quox. – Meu tetravô está vivo desde que o mundo começou e ele nunca ficou sem fogo para mantê-lo funcionando. Mas vou confidenciar a vocês que à medida que ele envelhece, ele mostra mais fumaça e menos fogo. Quanto a Tic-Tac, ele está indo muito bem, mas ele simplesmente é cobre. E o Monarca do Metal conhece cobre muito bem. Não me surpreenderia se Ruggedo derretesse Tic-Tac em uma de suas fornalhas e o transformasse em moedinhas de cobre.

– Nes-se ca-so, eu con-ti-nua-ria fun-cio-nan-do – observou Tic-Tac, com muita calma.

– Moedinhas funcionam – disse Betsy, com pesar.

– Tudo isso é baboseira – disse a rainha, irritada. – Tic-Tac é o meu grande exército, tudo menos os oficiais, e acredito que seja capaz de conquistar Ruggedo facilmente. O que acha Policromia?

– Pode deixar que ele tente – respondeu a filha do Arco-Íris, com sua risada doce, que soava como o tilintar de minúsculos sinos. – E se Tic-Tac falhar, ainda tem o dragão cuspidor de fogo como plano reserva.

– Ah! – disse o dragão, com outro rio de chamas surgindo de sua boca e narinas. – Essa Policromia é bem sábia. Qualquer um perceberia que é uma fada.

O OUVIDOR DE ORELHAS COMPRIDAS APRENDE OUVINDO

Nesse ínterim, o Monarca do Metal e rei dos nomos tentava distrair-se em sua esplêndida caverna cravejada de joias. Foi muito difícil para Ruggedo encontrar algum divertimento hoje, pois todos os nomos estavam comportando-se bem e não havia ninguém com quem brigar ou punir. O rei atirara seu cetro em Kaliko seis vezes, sem acertá-lo nenhuma delas. Não que Kaliko tivesse feito algo de errado. Pelo contrário, ele obedecera ao rei em tudo, menos em uma coisa: ele não ficou parado, quando ordenado, para deixar o cetro pesado acertá-lo.

Mal podemos culpar Kaliko por isso, e até mesmo o cruel Ruggedo o perdoou; pois sabia muito bem que se ele esmagasse seu Mordomo Real, nunca encontraria outro tão inteligente ou obediente. Kaliko colocava os nomos para trabalhar quando o rei não conseguia, pois os nomos odiavam Ruggedo, e havia tantos milhares de pessoinhas subterrâneas pitorescas que eles poderiam facilmente ter se rebelado e desafiado o rei se tentassem.

Às vezes, quando Ruggedo era mais abusivo do que de costume, eles ficavam carrancudos e largavam suas marretas e picaretas. E não importava o quanto o rei brigasse com eles ou os chicoteasse, eles não trabalhavam, até que Kaliko viesse e implorasse para que trabalhassem. Pois Kaliko era um deles e sofria tanto nas mãos do rei quanto qualquer um dos nomos naquela vasta série de cavernas.

Mas hoje todas as pessoinhas estavam trabalhando diligentemente em suas tarefas, e Ruggedo, sem coisa alguma para fazer, estava muito entediado. Ele mandou chamar o Ouvidor de Orelhas Compridas e pediu que ele ouvisse e relatasse o que estava acontecendo naquele mundo tão grande.

– Aparentemente – disse o Ouvidor, depois de ouvir por um tempo –, as mulheres nos Estados Unidos fazem parte da massa.

– E essa massa tem espigas? – perguntou Ruggedo, com um bocejo.

– Não ouço nenhuma espiga, Vossa Majestade – foi a resposta.

– Então essa massa não é tão boa quanto meu cetro. O que mais está ouvindo?

– Está havendo uma guerra.

– Bah! Sempre há uma guerra. E o que mais?

O Ouvidor ficou calado por um tempo, curvado para a frente e abrindo bem suas orelhas enormes para captar até mesmo o mais baixo dos sons. Então, disse subitamente:

– Ouvi algo interessante, Vossa Majestade. Essas pessoas estão discutindo quem vai conquistar o Monarca do Metal, tomar seus tesouros e expulsá-lo de seu território.

– Que pessoas? – perguntou Ruggedo, sentando-se ereto em seu trono.

– Aquelas que o senhor jogou no Tubo Oco.

– Onde estão elas agora?

– No mesmo Tubo, e voltando para cá – disse o Ouvidor.

Ruggedo saiu do seu trono e começou a andar para cima e para baixo pela caverna.

– Eu me pergunto o que pode ser feito para pará-las – divagou ele.

– Bem – disse o Ouvidor –, o senhor pode virar o Tubo de cabeça para baixo, e eles cairiam para o outro lado, Vossa Majestade.

Ruggedo encarou-o maliciosamente, pois era impossível virar o Tubo de cabeça para baixo, e ele achava que o Ouvidor estava sorrateiramente fazendo chacota dele. Logo em seguida, perguntou:

– Qual a distância atual dessas pessoas?

– Cerca de catorze mil novecentos e oitenta quilômetros, dezessete *furlongs*[4], dois metros e dez centímetros... É o mais próximo que posso chegar pelo som das vozes – respondeu o Ouvidor.

– A-há! Então vai levar algum tempo até chegarem – disse Ruggedo –, e quando isso acontecer, estarei pronto para recebê-los.

Ele correu até seu gongo e bateu nele com tanta força, que Kaliko chegou à caverna saltando, com um pé calçado e outro descalço, pois ele estava acabando de se vestir depois de nadar no lago quente e borbulhante do Reino Subterrâneo.

– Kaliko, aqueles invasores que jogamos pelo Tubo estão voltando novamente! – exclamou ele.

– Imaginei que fariam isso – disse o Mordomo Real, calçando o outro sapato. – Tititi-Hoochoo certamente não permitiria que permanecessem em seu reino, então já o esperava há algum tempo. Foi uma ação bem tola da sua parte, Rug.

– O quê? Jogá-los pelo Tubo?

– Sim. Tititi-Hoochoo proibiu que jogássemos até mesmo lixo no Tubo.

---

[4] O *furlong* é uma unidade de comprimento do sistema imperial de medidas. O nome completo da unidade é *surveyor furlong*, e equivale a 201,168 metros. (N.T.)

– Oras! E acha que me importo com Jinjin? – perguntou Ruggedo, com desprezo. – Ele nunca sai do seu próprio reino, que fica do outro lado do mundo.

– Isso é verdade; mas ele pode mandar alguém pelo Tubo para puni-lo – sugeriu Kaliko.

– Quero ver ele fazer isso! Quem poderia conquistar meus milhares de nomos?

– Ora, eles foram conquistados antes, se me lembro bem – respondeu Kaliko, com um sorriso. – Uma vez o vi fugindo de uma garotinha chamada Dorothy e seus amigos, como se estivesse com bastante medo.

– Bem, eu estava com medo daquela vez – admitiu o rei Nomo, soltando um suspiro profundo –, porque Dorothy tinha uma galinha amarela que pusera ovos!

O rei estremeceu ao dizer "ovos", e Kaliko estremeceu junto, assim como o Ouvidor de Orelhas Compridas; pois ovos são as únicas coisas que matam os nomos de medo. E o motivo é que os ovos pertencem à superfície da Terra, onde pássaros e todo o tipo de aves vivem, e tem algo a respeito de um ovo de galinha, particularmente, que enche um nomo de horror. Se por acaso um ovo tocar uma dessas pessoas do subterrâneo, ela murcha e desaparece, e esse é o fim dela... a não ser que consiga dizer rapidamente uma palavra mágica que apenas poucos nomos conhecem. Portanto, Ruggedo e seus seguidores tinham um bom motivo para estremecerem com a simples menção à palavra ovo.

– Mas Dorothy não está com esse bando de invasores – disse o rei –, nem a Galinha Amarela. Quanto a Tititi-Hoochoo, ele não tem como saber que temos medo de ovos.

– Não há como ter certeza disso – Kaliko o advertiu. – Tititi-Hoochoo sabe uma porção de coisas, por ser uma fada, e seus poderes são muito superiores a qualquer um que podemos nos gabar de ter.

Ruggedo deu de ombros impacientemente e virou-se para o Ouvidor.

– Ouça – disse ele –, e me diga se ouvir quaisquer ovos vindo pelo Tubo.

O nomo de Orelhas Compridas ouviu e balançou a cabeça. Mas Kaliko riu do rei.

– Ninguém pode ouvir um ovo, Vossa Majestade – disse ele. – A única forma de saber a verdade é olhando pela luneta mágica.

– É isso! – exclamou o rei. – Por que não pensei nisso antes? Olhe imediatamente, Kaliko!

Kaliko foi até a Luneta e, ao dizer um feitiço sussurrado, fez com que a outra ponta se torcesse, de forma que apontasse para baixo, para a abertura do Tubo. Ele colocou o olho na luneta mágica e conseguiu observar através de todas as suas curvas e voltas até lá dentro do Tubo, onde nossos amigos estavam caindo naquele momento.

– Céus! – exclamou ele. – Vem vindo um dragão.

– Um grande? – perguntou Ruggedo.

– Um monstro. Ele tem uma lâmpada na ponta do rabo, então consigo vê-lo muito bem. E as outras pessoas estão montadas em suas costas.

– E os ovos? – indagou o rei.

Kaliko olhou novamente.

– Não vejo ovo algum – disse ele –, mas imagino que o dragão seja tão perigoso quanto eles. Provavelmente Tititi-Hoochoo mandou-o até aqui para puni-lo por jogar aqueles estranhos dentro do Tubo. Eu o avisei para não fazer isso, Vossa Majestade.

Essa notícia deixou o rei Nomo ansioso. Por alguns minutos, ele andou para cima e para baixo, acariciando sua barba comprida e pensando com toda sua vontade. Depois disso, virou-se para Kaliko e disse:

– Tudo o que um dragão pode fazer é arranhar com suas garras e morder com suas presas.

– Isso não é tudo, mas já é o suficiente – retrucou Kaliko, ansiosamente. – Por outro lado, ninguém pode ferir um dragão, pois é a criatura viva mais resistente de todas. Uma batida de sua cauda enorme transformaria uma centena de nomos em panquecas, e com suas presas e garras ele conseguiria estraçalhar até mesmo a mim ou ao senhor e nos deixar em pedacinhos, de forma que seria quase impossível nos montar novamente. Uma vez, há algumas centenas de anos, enquanto vagava por algumas das cavernas desertas, eu encontrei um pedacinho de um nomo largado no chão rochoso. Perguntei ao pedacinho o que tinha acontecido com ele. Felizmente, a boca era parte do pedaço, a boca e o olho esquerdo, e ele pôde dizer-me que um dragão feroz tinha sido o motivo. Ele atacara o pobre nomo e o espalhara por todos os lados, e como não havia nenhum amigo por perto para juntar os pedaços e montá-lo novamente, eles ficaram separados por vários e vários anos. Então percebe, Vossa Majestade, não é de bom tom zombar de um dragão.

O rei ouviu Kaliko atentamente. Então, disse:

– Apenas será necessário acorrentar esse dragão que Tititi-Hoochoo mandou aqui, para impedir que nos alcance com suas garras e presas.

– Ele também cospe fogo – Kaliko lembrou.

– Meus nomos não têm medo de fogo, nem eu – disse Ruggedo.

– Bem, e quanto ao Exército de Oogaboo?

– Dezesseis oficiais covardes e Tic-Tac! Ora, eu poderia derrotá-los sozinho; mas não tentarei fazê-lo. Vou convocar meu exército de nomos para expulsar os invasores do meu território, e se pegarmos algum deles, pretendo enfiar agulhas neles até que pulem de dor.

– Espero que não machuque nenhuma das garotas – disse Kaliko.

– Vou machucar todos eles! – bradou o Monarca do Metal, irritado. – E vou transformar aquele burro barulhento em sopa de cascos e dar de comida para meus nomos, para que fiquem mais fortes.

– Por que não ser bom com os estranhos e soltar seu prisioneiro, o irmão do Homem-Farrapo? – sugeriu Kaliko.

– Nunca!

– Pode poupar muita chateação. E o senhor nem quer o Feioso.

– Não o quero, isso é verdade. Mas não permitirei que ninguém me dê ordens. Eu sou o rei dos nomos e o Monarca do Metal, e farei o que bem entender, como quiser e quando tiver vontade!

Com esse discurso, Ruggedo atirou seu cetro na cabeça de Kaliko, mirando tão bem que o Mordomo Real precisou jogar-se no chão para escapar. Mas o Ouvidor não viu o cetro aproximando-se, e ele passou tão perto da cabeça dele que lhe quebrou a ponta de uma das orelhas compridas. Ele soltou um grito horroroso que assustou bastante Ruggedo, e o rei sentiu muito pelo acidente, porque as orelhas compridas do Ouvidor eram muito valiosas para ele.

E aí o rei Nomo se esqueceu de ficar com raiva de Kaliko e mandou que o Mordomo convocasse o general Guph e o exército de nomos, e que os armasse do jeito certo. Eles deveriam marchar em breve em direção à entrada do Tubo, onde capturariam os viajantes assim que aparecessem.

O DRAGÃO DESAFIA O PERIGO

Apesar de a jornada pelo Tubo dessa vez ter sido mais longa do que da última, ela foi tão mais confortável que nossos amigos não se importaram nem um pouco. Eles todos conversaram a maior parte do tempo, e como perceberam que o dragão era bem-humorado e que gostava bastante do som da própria voz, logo se acostumaram com ele e o aceitaram como um companheiro.

– Veja – disse o Homem-Farrapo, do seu jeito franco –, Quox está do nosso lado, então o dragão é um bom companheiro. Se ele fosse um inimigo, em vez de um amigo, tenho certeza de que não gostaria nada dele, pois seu bafo tem cheiro de enxofre, ele é muito arrogante e tão forte e feroz que provaria ser um adversário perigoso.

– Sim, com certeza – respondeu Quox, que ouvira esse discurso com prazer. – Suponho que seja tão terrível quanto qualquer outra criatura. Fico feliz que me ache arrogante, pois isso prova que conheço minhas boas qualidades. Quanto ao meu bafo com cheiro de enxofre, não posso evitar, e uma vez conheci um homem que tinha um bafo de cebola, o que eu considero muito pior.

– Eu não – disse Betsy. – Eu amo cebolas.

– E eu amo enxofre – declarou o dragão. – Então não briguemos por causa das peculiaridades um do outro.

Ao dizer isso, ele soprou uma respiração longa e disparou uma chama a quinze metros do seu focinho. O enxofre fez Betsy tossir, mas ela lembrou-se das cebolas e não falou nada.

Eles não faziam ideia de até onde tinham ido pelo centro da terra, nem de quando a viagem terminaria. Em determinado momento, a garotinha observou:

– Fico imaginando quando é que alcançaremos o fim deste buraco. E não é curioso, Homem-Farrapo, que o que é o fundo para nós agora era o topo quando caímos para o outro lado?

– O que me confunde é que conseguimos cair pelos dois lados – disse Arquivos.

– Is-so é porque o mun-do é re-don-do – disse Tic-Tac.

– Exatamente – respondeu o Homem-Farrapo. – O mecanismo na sua cabeça está funcionando muito bem, Tic-Tac. Sabe, Betsy, que existe algo chamado Atração Gravitacional que puxa todas as coisas em direção ao centro da Terra. É por isso que caímos da cama, é por isso que tudo fica preso na superfície da Terra.

– Então por que tudo não cai para o centro da Terra? – indagou a garotinha esperta.

– Tinha medo de que me perguntasse isso – respondeu o Homem-Farrapo com uma voz triste. – O motivo, minha cara, é que a Terra é tão sólida que outras coisas sólidas não conseguem atravessá-la. Mas quando existe um buraco, como existe nesse caso, caímos diretamente em direção ao centro do mundo.

– Por que não paramos lá? – perguntou Betsy.

– Porque estamos indo tão depressa, que conseguimos velocidade o suficiente para nos levar até o outro lado.

– Não compreendo isso, e tentar entender faz a minha cabeça doer – disse ela depois de pensar um pouco. – Uma coisa nos puxa em direção ao centro e outra nos empurra para longe dele. Mas...

– Não me pergunte o motivo, por favor – interrompeu o Homem-Farrapo. – Se não consegue compreender, deixe por isso mesmo.

– Você consegue compreender? – indagou ela.

– A magia não está só na terra das fadas – disse ele, com seriedade. – Tem um bocado de magia em toda a Natureza, e você pode vê-la também lá nos Estados Unidos, onde você e eu um dia vivemos, assim como a vê aqui.

– Eu nunca vi – respondeu ela.

– Porque estava tão acostumada com ela que não percebeu que era magia. Existe algo mais maravilhoso do que ver uma flor crescer e desabrochar, ou ver a luz surgindo com a eletricidade no ar? As vacas que produzem o leite para nós devem ter um mecanismo tão completamente incrível quanto aquele no corpo de cobre do Tic-Tac, e talvez tenha percebido que...

E antes que o Homem-Farrapo pudesse terminar seu discurso, a forte luz do dia repentinamente brilhou sobre eles, ficou mais brilhante e os envolveu completamente. As garras do dragão pararam de raspar o metal do Tubo, pois ele disparou pelo ar livre por mais ou menos uns trinta metros e pairou tão longe do buraco inclinado, que quando pousou estava no pico de uma montanha bem acima da entrada das muitas cavernas subterrâneas do rei Nomo.

Alguns dos oficiais tombaram dos assentos quando Quox atingiu o chão, mas a maioria dos passageiros do dragão sentiu apenas um leve solavanco. Todos ficaram felizes por estar em terra firme novamente. Então, desembarcaram e começaram a olhar ao redor.

Bastante estranho foi o fato de, assim que desmontaram do dragão, os assentos que estavam presos nas costas do monstro desaparecerem, e isso provavelmente aconteceu porque não havia mais uso para eles e porque

Quox parecia muito mais digno apenas com suas escamas prateadas. É claro, ele ainda usava os quarenta metros de fita em volta do pescoço, assim como o enorme medalhão, mas eles apenas faziam-no parecer "arrumadinho", como disse Betsy.

O exército dos nomos, porém, tinha se reunido em grande número ao redor da saída do Tubo, para estarem prontos para capturar o grupo de invasores assim que saíssem. De fato, havia centenas de nomos ali, e Guph, o general mais famoso deles, liderava-os. Mas não esperavam que o dragão voasse tão alto, e ele disparou pelo Tubo tão subitamente que todos ficaram surpresos. Quando os nomos esfregaram os olhos, limpando o assombro, e voltaram a pensar direito, perceberam que o dragão estava sentado na montanha muito acima da cabeça deles, enquanto os outros estranhos se encontravam de pé reunidos calmamente olhando para eles.

O general Guph ficou irritadíssimo com a fuga, que não foi culpa de ninguém além dele mesmo.

– Desçam aqui para serem capturados! – gritou ele, balançando sua espada na direção deles.

– Suba aqui e nos capture, se tiver coragem! – respondeu a rainha Ann, que estava dando corda em seu Soldado Comum, para que ele lutasse com mais vontade.

A primeira resposta de Guph foi um rugido de ira com o desafio; ele então se virou e deu um comando para seus nomos. Todos eles estavam armados com lanças afiadas, e de uma só vez eles as levantaram e as lançaram na direção de seus inimigos, de forma que elas voaram pelo ar como uma nuvem perfeita de armas voadoras.

Elas até causariam algum dano se o dragão não tivesse rastejado rapidamente para a frente dos outros, assim seu corpo tão enorme protegeu cada um deles, inclusive Hank. As lanças acertaram as escamas prateadas de Quox como unhas batendo contra uma mesa, e caíram indefesas no chão. Como eram lanças mágicas, imediatamente voltaram para as mãos daqueles que as lançaram, mas mesmo Guph podia ver que era inútil repetir o ataque.

Agora era a vez da rainha Ann atacar, então os generais berraram "Em frente, volver!", e os coronéis, majores e capitães repetiram o comando, e o valente Exército de Oogaboo, que parecia ser composto principalmente de Tic-Tac, marchou adiante em uma coluna única na direção dos nomos, enquanto Betsy e Policromia davam vivas e Hank soltava um zurro alto. O Homem-Farrapo gritava "Irra!", e a rainha Ann bradava "Para cima deles, Tic-Tac... para cima deles!"

Os nomos não esperaram o ataque do Homem-Máquina e desapareceram dentro das cavernas subterrâneas em uma piscadela. Eles cometeram um erro enorme ao se apressarem tanto, porque antes de Tic-Tac dar uma dúzia de passos, ele bateu o dedão de cobre em uma rocha, caiu de cara no chão e gritou: "Le-van-tem-me! Le-van-tem-me! Le-van-tem-me!", até que o Homem-Farrapo e Arquivos correram e o colocaram de pé novamente.

O dragão riu suavemente para si mesmo enquanto coçava a orelha esquerda com sua garra traseira, mas ninguém prestava muita atenção em Quox naquele momento.

Era evidente para Ann e seus oficiais que não poderia haver luta, a não ser que o inimigo estivesse presente, e para encontrarem o inimigo, eles precisavam entrar audaciosamente no reino subterrâneo dos nomos. Um passo tão ousado assim exigia um conselho de guerra.

– Não acha que seria melhor eu ir até Ruggedo e obedecer às ordens de Jinjin? – perguntou Quox.

– De forma nenhuma! – respondeu a rainha Ann. – Já fizemos o exército de nomos fugir, e agora tudo o que falta é forçar nossa entrada nessas cavernas e conquistar o rei Nomo e todo o seu povo.

– Esse parece um trabalho bastante complicado – disse o dragão, fechando os olhos com sono. – Mas vão em frente, se quiserem, e esperarei aqui. Não se apressem por minha causa. Para alguém que vive milhares de anos, o atraso de alguns dias não significa coisa alguma, e provavelmente dormirei até que seja minha hora de agir.

Ann sentiu-se provocada com esse discurso.

– Pode até voltar para Tititi-Hoochoo agora – disse ela –, o rei Nomo já está praticamente conquistado.

Mas Quox balançou a cabeça:

– Não – disse ele –, vou esperar.

O NOMO MALVADO

O Homem-Farrapo não disse coisa alguma durante a conversa entre a rainha Ann e Quox, pelo simples motivo de não achar que aquele assunto merecia uma discussão. Bem guardado em seu bolso estava o Ímã do Amor, que nunca falhara em conquistar qualquer coração. Os nomos, ele sabia, não eram como as Rosas que não tinham coração e, portanto, podiam ser levados para seu lado assim que mostrasse o talismã mágico.

O principal motivo da ansiedade do Homem-Farrapo fora chegar ao reino de Ruggedo, e agora que a entrada estava diante dele, tinha certeza de que conseguiria resgatar seu irmão. Que Ann e dragão brigassem para ver quem conquistaria os nomos, se quisessem; o Homem-Farrapo deixaria que tentassem, e se fracassassem, ele tinha um modo de conquistá-los dentro do bolso.

Mas Ann estava certa de que não falharia, pois achava que seu exército podia fazer qualquer coisa. Então, juntou seus oficiais e disse a eles como agir, além de instruir Tic-Tac como agir e o que dizer.

– Por favor, não dispare sua arma, a não ser em último caso – acrescentou –, pois não quero ser cruel ou derramar sangue, apenas se for absolutamente necessário.

– Mui-to bem – respondeu Tic-Tac –, mas não acho que Rug-ge-do san-gra-ria mes-mo que o en-ches-se de bu-ra-cos e o co-lo-cas-se em um es-pre-me-dor de fru-tas.

E aí os oficiais enfileiraram-se, os quatro generais lado a lado, seguidos pelos quatro coronéis, depois os quatro majores e por último os quatro capitães. Eles sacaram as espadas brilhantes e comandaram que Tic-Tac marchasse, o que ele fez. Ele caiu duas vezes, tropeçando nas rochas irregulares, mas quando chegaram a um caminho mais liso, ele começou a caminhar mais facilmente. Na boca sombria da entrada da caverna, ele entrou sem hesitação, e logo atrás dele avançaram os oficiais e a rainha Ann pavoneando-se orgulhosamente. Os outros ficaram um pouco para trás, esperando para ver o que aconteceria.

É claro que o rei Nomo sabia que eles estavam vindo e havia se preparado para recebê-los. Bem na entrada do corredor rochoso que levava para a sala do trono cravejada de joias havia um fosso bem fundo, que geralmente ficava coberto. Ruggedo ordenara que tirassem a cobertura e agora ele estava aberto, pouquíssimo visível na escuridão.

O fosso era muito largo, quase da mesma largura do corredor, e mal havia espaço para alguém virar-se nele, mesmo se apertando contra as paredes rochosas. E foi o que Tic-Tac fez, pois seus olhos de cobre viram claramente o fosso e ele o evitou; mas os oficiais marcharam diretamente para o buraco e caíram em um monte no fundo. Logo depois, a rainha Ann também caiu no fosso, pois estava com o queixo levantado, sem prestar atenção onde pisava. Então, um dos nomos puxou uma alavanca que cobriu o fosso de novo, transformando rapidamente os oficiais de Oogaboo e sua rainha em prisioneiros.

Quanto a Tic-Tac, ele continuou reto em direção à caverna onde Ruggedo estava sentado em seu trono. Lá encarou o rei Nomo e disse:

– Deste modo, conquisto-o em nome da rainha Ann Soforth de Oogaboo, de quem sou o exército, e declaro que é seu prisioneiro!

Ruggedo riu dele.

– E onde está essa rainha famosa? – perguntou ele.

– Es-ta-rá aqui em um ins-tan-te – disse Tic-Tac. – Tal-vez te-nha pa-ra-do pa-ra amar-rar seu ca-dar-ço.

– Veja bem, Tic-Tac – começou o rei Nomo, com uma voz séria. – Essa baboseira já encheu minha paciência. Sua rainha e os oficiais dela são todos prisioneiros, já que caíram em meu domínio, então talvez você me dirá o que pretende fazer.

– Mi-nhas or-dens eram con-quis-tá-lo – respondeu Tic-Tac –, e meu me-ca-nis-mo fez o me-lhor pos-sí-vel pa-ra cum-prir es-sas or-dens.

Ruggedo bateu em seu gongo e Kaliko surgiu, seguido de perto pelo general Guph.

– Leve esse homem de cobre para as forjas e ponha-o para martelar ouro – ordenou o rei. – Já que funciona com um mecanismo, vai trabalhar de forma constante. Ele nunca deveria ter sido feito, mas já que existe, farei bom uso dele.

– Se ten-tar me cap-tu-rar, vou lu-tar – disse Tic-Tac.

– Não faça isso! – exclamou o general Guph, ansiosamente. – Resistir será inútil e pode acabar machucando alguém.

Mas Tic-Tac ergueu sua arma e mirou, e por não saberem qual dano a arma causaria, os nomos ficaram com medo de enfrentá-la.

Enquanto ele estava lá desafiando o rei Nomo e seus oficiais de alto escalão, Betsy Bobbin entrou calmamente na caverna, montada no lombo de Hank, o burro. A garotinha tinha se cansado de esperar "algo acontecer" e viera ver se Ruggedo já tinha sido conquistado.

– Raios e trovões! – bradou o rei. – Como se atreve a trazer essa besta aqui e entrar na minha presença sem ser anunciada?

– Não havia ninguém para me anunciar – respondeu Betsy. – Acho que seus súditos estão todos ocupados. O senhor já foi conquistado?

– Não! – berrou o rei, quase fora de si.

– Então, por favor, dê-me algo para comer, estou morrendo de fome – disse a garota. – Sabe, essa história de conquista parece muito com esperar um desfile do circo; leva um tempão para acontecer e nem é tão interessante assim.

Os nomos ficaram tão aturdidos com esse discurso que só conseguiram encará-la, calados, por um tempo, sem encontrar palavras para responder. O rei finalmente recuperou o uso da sua língua e disse:

– Rastejadora da terra! Essa insolência perante minha majestade será sua sentença de morte. Você é uma mortal banal, e acabar com a vida de um mortal é algo tão simples de ser feito que não vai esperar nem metade do tempo que esperou pela minha conquista.

– Eu prefiro que não acabe com a minha vida – observou Betsy, descendo do lombo de Hank e ficando de pé ao lado dele. – E seria um rei muitíssimo miserável que matou uma visitante enquanto ela estava com fome. Se me der algo para comer, discutiremos essa história de morte depois; mas já aviso que não a aprovo, nem nunca aprovarei.

Sua frieza e falta de medo impressionaram o rei Nomo, apesar de ele alimentar um ódio intenso por todos os mortais.

– O que quer comer? – perguntou rispidamente.

– Oh, pode ser um sanduíche de presunto, ou talvez dois ovos cozidos...

– Ovos! – gritaram os três nomos presentes, tremendo até bater os dentes.

– Qual o problema – indagou Betsy, pensativa. – Os ovos são tão caros aqui quanto lá em casa?

– Guph! – disse o rei com uma voz agitada, virando-se para seu general. – Destrua essa mortal imprudente imediatamente! Capture-a, leve-a à Caverna Pegajosa e prenda-a lá.

Guph olhou para Tic-Tac, que ainda apontava sua arma, mas naquele momento Kaliko se aproximava silenciosamente do homem de cobre, por trás, e chutou seus joelhos, de forma que eles cederam, e Tic-Tac caiu no chão, derrubando sua arma além de seu alcance.

Então Guph, vendo Tic-Tac indefeso, tentou agarrar Betsy. Nesse mesmo tempo, Hank deu um coice que acertou o general na fivela do seu cinto. Ele saiu voando como uma bala de canhão, atingiu o rei Nomo com tudo, achatando-o contra uma parede de rocha do outro lado da caverna. Eles caíram juntos no chão, completamente enroscados e atordoados. Ao ver isso, Kaliko sussurrou para Betsy:

– Venha comigo… rápido! E salvarei você.

Ela observou o rosto de Kaliko cuidadosamente e pensou que ele parecia honesto e bem-intencionado, então decidiu segui-lo. Ele levou o burro e ela por várias passagens até uma pequena caverna mobiliada com bom gosto e bastante confortável.

– Esse é o meu quarto – disse ele –, mas pode ficar à vontade aqui. Aguarde um instante que vou trazer algo para comer.

Quando Kaliko voltou, trouxe uma bandeja com alguns cogumelos grelhados, um pedaço de pão mineral e um bocado de manteiga de petróleo. Betsy não conseguiu comer a manteiga, mas o pão estava bom e os cogumelos, deliciosos.

– Aqui está a chave da porta – disse Kaliko –, e é melhor trancá-la.

– Não vai trazer Policromia e a Rosa Princesa para cá também? – perguntou ela.

– Verei. Onde elas estão?

– Não sei. Deixei-as lá fora – respondeu Betsy.

– Bem, se ouvir três batidas na porta, abra – disse Kaliko. – Mas não deixe ninguém entrar, a não ser que bata três vezes.

– Certo – prometeu Betsy, e quando Kaliko saiu da caverna aconchegante, ela fechou e trancou a porta.

Enquanto isso, Ann e seus oficiais, percebendo que estavam presos no fosso, gritaram e berraram até cansar, mas ninguém veio ajudá-los. Estava muito escuro e úmido lá dentro, e eles não conseguiam sair porque as paredes eram mais altas que eles e o fosso estava tampado. A rainha primeiro ficou com raiva, depois chateada e, por último, desalentada. Os seus oficiais, porém, estavam apenas assustados. Cada um dos pobrezinhos desejava de todo o coração estar de volta em Oogaboo, cuidando de seu pomar, e alguns deles estavam tão infelizes que começaram a repreender Ann por ter causado todo esse problema e perigo.

Finalmente, a rainha sentou-se no fundo do fosso e recostou-se na parede. Por pura sorte, seu cotovelo tocou uma mola secreta e uma grande pedra achatada girou para dentro. Ann caiu de costas, mas logo saltou de pé e gritou para os outros:

– Uma passagem! Uma passagem! Sigam-me, meus homens corajosos, e poderemos escapar.

Ela começou a engatinhar pela passagem, que era tão escura e úmida quanto o fosso, e os oficiais seguiram-na em fila única. Eles engatinharam e engatinharam, e engatinharam um pouco mais, pois a passagem não era grande o suficiente para que ficassem de pé. Ela fazia curvas para um lado e para o outro, às vezes parecendo um saca-rolhas, outras um zigue-zague, mas poucas vezes seguia reta por muito tempo.

– Não tem fim... é infinita! – gemiam os oficiais, que ralavam os joelhos nas pedras ásperas.

– Tem que ter! – retrucou Ann, com coragem. – Se não, não teria sido construída. Não sabemos onde ela leva, mas qualquer lugar é melhor do que aquele fosso asqueroso.

Assim, ela continuou engatinhando, e os oficiais também, e enquanto engatinhavam por essa horrível passagem subterrânea, Policromia, o Homem-Farrapo, Arquivos e a Rosa Princesa, que ainda estavam do lado de fora da entrada dos domínios de Ruggedo, perguntavam-se o que teria acontecido com eles.

UMA TRANSFORMAÇÃO TRÁGICA

– Não devemos nos preocupar – disse o Homem-Farrapo para seus companheiros –, pois a rainha deve levar algum tempo para conquistar o Monarca do Metal, já que Tic-Tac faz tudo do seu jeito vagaroso e mecânico.

– Acha que é provável que falhem? – perguntou a Rosa Princesa.

– Na verdade, acho que sim – respondeu o Homem-Farrapo. – Esse rei Nomo é um sujeito bem poderoso e tem uma legião de nomos para ajudá-lo, enquanto nossa rainha audaciosa comanda um Homem-Máquina e um bando de oficiais fracotes.

– Ela deveria ter deixado Quox cuidar da conquista – disse Policromia, dançando levemente sobre a ponta de uma rocha e tremeluzindo suas belas vestes. – Mas talvez o dragão tenha sido sábio ao deixá-la ir primeiro, pois quando ela falhar em conquistar Ruggedo, pode ficar mais modesta em relação a suas ambições.

– Onde está o dragão agora? – indagou Ozga.

– Lá em cima, naquelas pedras – respondeu Arquivos. – Veja, minha cara, dá para vê-lo daqui. Ele disse que tiraria uma soneca enquanto estivéssemos enfrentando Ruggedo, e acrescentou que depois de nos metermos numa fria, ele acordaria e conquistaria o rei Nomo rapidinho, como seu mestre, Jinjin, ordenara que fizesse.

– Quox tem boas intenções – disse o Homem-Farrapo –, mas não acho que precisaremos dos serviços dele. Assim que eu tiver certeza de que a rainha Ann e seu exército falharam em conquistar Ruggedo, entrarei nas cavernas e mostrarei ao rei meu Ímã do Amor. Não tem como ele resistir. Assim, a conquista será simples.

Esse discurso do Homem-Farrapo foi ouvido pelo Ouvidor de Orelhas Compridas, que nesse momento estava ao lado de Ruggedo. Pois quando o rei e Guph se recuperaram do coice de Hank e se levantaram, sua primeira providência foi colocar Tic-Tac de costas no chão e pôr um diamante bem pesado em cima dele, para que ele não se levantasse de novo. Então, colocaram sua arma cuidadosamente em um canto da caverna e o rei mandou Guph buscar o Ouvidor de Orelhas Compridas.

O Ouvidor ainda estava bravo com Ruggedo por ter quebrado sua orelha, mas reconhecia que o rei Nomo era seu amo e estava pronto para obedecer a suas ordens. Portanto, ele repetiu para o rei o que o Homem-Farrapo dissera, e o monarca imediatamente percebeu que seu reino corria um perigo muito sério. Ruggedo conhecia o Ímã do Amor e seus poderes e estava horrorizado com o pensamento de que o Homem-Farrapo pudesse mostrar o talismã mágico para ele e transformar todo o ódio que havia em seu coração em amor. Ruggedo tinha muito orgulho do seu ódio e abominava qualquer tipo de amor.

– De verdade – disse –, prefiro ser conquistado e perder minhas riquezas e meu reino a olhar aquele Ímã do Amor horroroso. O que posso fazer para impedir que o Homem-Farrapo tire-o do bolso?

Kaliko voltou para a caverna a tempo de ouvir essa pergunta, e sendo um nomo leal e ansioso para servir seu rei, respondeu dizendo:

– Se conseguirmos prender os braços do Homem-Farrapo, bem juntos do seu corpo, ele não conseguirá tirar o Ímã do Amor do bolso.

– Isso é verdade! – gritou o rei, extasiado com essa solução simples para o problema. – Juntem imediatamente uma dúzia de nomos, com cordas, e coloquem-nos no corredor de forma que capturem e prendam o Homem--Farrapo assim que ele entrar.

Kaliko fez o que ele pediu, e enquanto isso os vigias do lado de fora da entrada ficavam cada vez mais ansiosos a respeito de seus amigos.

– Não me preocupo tanto com as pessoas de Oogaboo – disse Policromia, que ficara séria com a espera, talvez até um pouco nervosa –, pois não podem ser mortas, mesmo que Ruggedo possa fazê-las sofrer bastante e talvez destruí-las completamente. Mas não devíamos ter deixado Betsy e Hank entrar nas cavernas sozinhos. A garotinha é mortal e não tem quaisquer poderes mágicos, e se Ruggedo capturá-la, ela ficará completamente à mercê dele.

– Isso é verdade mesmo – respondeu o Homem-Farrapo. – Não gostaria que nada acontecesse com a querida e pequena Betsy, então acho que devemos entrar logo e acabar com essa preocupação.

– É melhor irmos com você – afirmou Arquivos –, pois com o Ímã do Amor você convencerá bem rápido o rei Nomo.

Então, decidiram não esperar mais. O Homem-Farrapo atravessou a entrada primeiro e os outros foram atrás dele. Não acharam que sofriam perigo algum, e o Homem-Farrapo, que andava com as mãos nos bolsos, ficou muito surpreso quando uma corda surgiu da escuridão e se enroscou em seu corpo, prendendo seus braços tão apertado que ele nem conseguia tirar as mãos dos bolsos. E surgiram vários nomos sorridentes que rapidamente deram nós nas cordas e levaram o prisioneiro pelo corredor até a caverna. Não prestaram atenção alguma aos outros, mas Arquivos e a princesa seguiram atrás do Homem-Farrapo, determinados a não abandonar o amigo e esperando que surgisse uma oportunidade de resgatá-lo.

Quanto a Policromia, assim que viu o Homem-Farrapo em apuros, virou-se e correu silenciosamente de volta pelo corredor, e saiu das cavernas. E então pulou de rocha em rocha até parar ao lado do grande dragão, que estava adormecido.

– Acorde, Quox! – gritou ela. – É sua hora de agir.

Mas Quox não acordou. Ele estava deitado como se estivesse em transe, completamente imóvel, com seus olhos enormes bem fechados. As pálpebras tinham grandes escamas prateadas nelas, como o resto do seu corpo.

Policromia poderia ter pensado que Quox estivesse morto se não soubesse que dragões não morrem facilmente, ou se não tivesse percebido seu corpo enorme inchando enquanto ele respirava. Ela pegou um pedaço de rocha e bateu em suas pálpebras, dizendo:

– Acorde, Quox... acorde! – mas ele não acordava.

– Céus, que má sorte! – resmungou a adorável filha do Arco-Íris. – Eu me pergunto qual é a melhor e mais segura maneira de acordar um dragão. Todos os nossos amigos podem ser capturados e destruídos enquanto essa besta enorme fica aqui dormindo.

Ela deu a volta em Quox duas ou três vezes, tentando descobrir um lugar macio no corpo dele onde pudesse sentir uma pancada ou um soco; mas ele estava deitado sobre as rochas com o queixo apoiado no chão e as pernas encolhidas sob o corpo, e tudo que podia ser visto era sua pele azul celeste, mais grossa do que a de um rinoceronte, e suas escamas prateadas.

Então, finalmente perdendo as esperanças de conseguir acordar a besta, e preocupada com o destino de seus amigos, Policromia correu para a entrada das cavernas e apressou-se pelo corredor até a caverna do rei Nomo.

Lá, ela encontrou Ruggedo refestelado em seu trono, fumando um cachimbo longo. Ao seu lado estavam o general Guph e Kaliko, e dispostos diante do rei estavam a Rosa Princesa, Arquivos e o Homem-Farrapo. Tic-Tac ainda estava jogado no chão, com o peso do grande diamante sobre ele.

Ruggedo agora estava com um humor bem mais satisfeito. Ele enfrentara seus invasores um por um, e os capturara facilmente. O odiado Ímã do Amor realmente estava no bolso do Homem-Farrapo, a apenas alguns passos do rei, mas o Homem-Farrapo estava impotente, sem conseguir mostrá-lo, e a não ser que Ruggedo visse o talismã com seus próprios olhos, ele não o afetaria. Quanto a Betsy Bobbin e seu burro, ele acreditava que Kaliko já os havia colocado na Caverna Pegajosa, enquanto achava que Ann e seus oficiais estavam presos com segurança no fosso. Ruggedo não sentia medo de Arquivos ou de Ozga, mas para ser precavido, ele ordenou que colocassem algemas de ouro em seus punhos. Elas não causavam nenhum problema a eles, além de impedir que atacassem, caso sentissem vontade de fazê-lo.

O rei Nomo, achando que estava no controle da situação, ria e fazia chacota de seus prisioneiros, quando Policromia, extraordinariamente bela e dançando como um raio de luz, entrou na caverna.

– Opa! – exclamou o rei. – Um Arco-Íris no subterrâneo, é? – e ele então encarou Policromia por um tempo, depois mais um pouco, e então endireitou-se, alisou suas vestes e o bigode. – Devo dizer que você é uma criatura muito cativante; além disso, percebo que é uma fada.

– Sou Policromia, a filha do Arco-Íris – ela disse com orgulho.

– Bem – respondeu Ruggedo –, gosto de você. Odeio todos os outros. Odeio todo mundo… menos você! Não gostaria de viver para sempre nesta bela caverna, Policromia? Olhe só! As joias que cravejam as paredes têm todos os tons e cores do seu Arco-Íris… e não são tão fugidias. Mandarei colher gotas frescas de orvalho para você se banquetear todos os dias e será a rainha de todos os meus nomos, e poderá puxar o nariz do Kaliko sempre que quiser.

— Não, obrigada — riu Policromia. — O céu é a minha casa, e estou só visitando essa terra sólida e sórdida. Mas me diga, Ruggedo, por que meus amigos foram enrolados com cordas e presos com correntes?

— Eles me ameaçaram — disse Ruggedo. — Esses tolos não sabiam o quanto sou poderoso.

— Então, já que estão indefesos agora, por que não os soltar e mandá-los de volta para a superfície da Terra?

— Porque eu os odeio e quero fazê-los sofrer pela invasão. Mas farei um acordo com você, doce Polly. Fique aqui vivendo comigo e liberto todas essas pessoas. Será minha filha ou esposa, ou minha tia ou avó, o que preferir, para apenas ficar aqui e abrilhantar meu reino escuro e me fazer feliz!

Policromia olhou para ele, pensativa. Ela então virou-se para o Homem-Farrapo e perguntou:

— Tem certeza de que ele não viu o Ímã do Amor?

— Absoluta — respondeu ele. — Mas você parece ser um Ímã do Amor, você mesma, Policromia.

Ela riu novamente e disse para Ruggedo:

— Eu não viveria em seu reino nem para resgatar meus amigos. Nem suportaria muito tempo a companhia de um monstro tão maligno quanto você.

— Você se esquece de que também está sob meu controle — disse o rei, com uma careta sombria.

— Na verdade não, Ruggedo. A filha do Arco-Íris está além do seu desprezo e da sua malícia.

— Capturem-na! — gritou o rei subitamente, e o general Guph apressou-se adiante para obedecer. Policromia ficou de pé, parada, mas quando Guph tentou agarrá-la, suas mãos encontraram apenas ar, e agora a filha do Arco-Íris estava em outro lugar da sala, tão sorridente e composta quanto antes.

Guph tentou capturá-la várias vezes, e Ruggedo até desceu de seu trono para ajudar o general; mas eles não conseguiram pôr as mãos na adorável fada celeste, que esvoaçava daqui para ali com a velocidade da luz, e constantemente os desafiava com sua risada alegre enquanto se desviava de seus esforços.

Então, depois de um tempo, eles abandonaram a perseguição, e Ruggedo voltou para seu trono e enxugou o suor do rosto com um lenço delicado de tecido de ouro.

– Bem – disse Policromia –, o que pretende fazer agora?

– Vou me divertir um pouco, para me recompensar por toda essa chateação – respondeu o rei Nomo. Então, disse para Kaliko: – Convoque os carrascos.

Kaliko retirou-se imediatamente e logo voltou com duas dezenas de nomos, todos parecendo tão cruéis quanto seu odioso amo. Eles traziam pinças douradas, espetos de prata, ganchos e correntes, e vários instrumentos de aparência maligna, todos feitos de metais preciosos e cravejados de diamantes e rubis.

– Agora, Tormento – disse Ruggedo, dirigindo-se ao líder dos carrascos –, traga o Exército de Oogaboo e a rainha deles do fosso e torture-os aqui na presença de seus amigos. Será uma diversão excelente.

– Ouço sua ordem e obedeço-a, Vossa Majestade – respondeu Tormento, e saiu com seus nomos para o corredor. Em alguns minutos voltou e curvou-se diante de Ruggedo.

– Eles todos se foram – disse.

– Foram! – exclamou o rei Nomo – Foram aonde?

– Não deixaram um endereço, Vossa Alteza; mas não estão no fosso.

– Poças e pústulas! – bradou o rei. – Quem destampou o fosso?

– Ninguém – disse Tormento. – O fosso estava tampado, mas os prisioneiros não estavam lá.

– Nesse caso – rosnou o rei, tentando controlar sua decepção –, vá à Caverna Pegajosa e traga aqui a garota e o burro. E enquanto estivermos torturando-os, Kaliko deve levar uma centena de nomos e procurar os prisioneiros fugitivos, a rainha de Oogaboo e seus oficiais. Se ele não os encontrar, torturarei Kaliko.

Kaliko saiu parecendo triste e perturbado, pois sabia que o rei era cruel e injusto o suficiente para cumprir essa promessa. Tormento e os carrascos também saíram, em outra direção, mas quando voltaram, Betsy Bobbin não estava com eles, nem Hank.

– Não há ninguém na Caverna Pegajosa, Vossa Majestade – relatou Tormento.

– Salamandras Saltadoras! – berrou o rei. – Outra fuga? Tem certeza de que foi à caverna certa?

– Só há uma Caverna Pegajosa, e não há ninguém nela – respondeu Tormento, categoricamente.

Ruggedo estava começando a ficar preocupado, além de irritado. Entretanto, essas decepções só o deixaram mais vingativo, então olhou cruelmente para os outros prisioneiros e disse:

– Esqueçam a garota e o burro. Temos aqui pelo menos quatro que não podem escapar da minha vingança. Deixe-me ver; acredito que mudarei de ideia sobre Tic-Tac. Aqueçam o cadinho de ouro até a maior temperatura possível e jogaremos o homem de cobre lá dentro para derretê-lo.

– Mas, Vossa Majestade – protestou Kaliko, que voltara à sala depois de mandar cem nomos saírem em busca do povo de Oogaboo –, deve lembrar-se de que Tic-Tac é uma máquina muito curiosa e interessante. Seria uma pena privar o mundo de uma invenção tão esperta.

– Diga outra palavra e vai para a fornalha junto com ele! – vociferou o rei. – Estou me cansando de você, Kaliko, e muito em breve vou transformá-lo em uma batata e depois em salgadinho! O próximo a ser considerado – acrescentou mais brandamente – é o Homem-Farrapo. Como é o dono do Ímã do Amor, acho que vou transformá-lo em uma rolinha, e poderemos praticar tiro ao alvo nele com a arma do Tic-Tac. Agora, essa cerimônia é muito interessante e peço que me observem muito atentamente para verem que não há nada nas minhas mangas.

Ele desceu do trono e ficou de pé diante do Homem-Farrapo, e então balançou as mãos, com as palmas para baixo, em sete semicírculos sobre a cabeça da vítima, dizendo com voz baixa, mas clara, o *wugwa* mágico:

Adi, edi, idi, odi, udi, oo-i-oo!
Idu, ido, idi, ide, ida, woo!

O efeito desse feitiço bastante conhecido foi instantâneo. Em vez do Homem-Farrapo, uma bela rolinha estava sobrevoando o chão, suas asas presas por minúsculas cordas enroladas nelas. Ruggedo deu uma ordem para Tormento, que cortou as cordas com uma tesoura. Liberta, a rolinha voou e pousou no ombro da Rosa Princesa, que a acariciou ternamente.

– Muito bom! Muito bom! – gritou Ruggedo, esfregando uma mão na outra alegremente. – Um inimigo está fora do meu caminho, e agora os outros.

(Talvez meus leitores devam ser advertidos para não tentarem a transformação acima; pois, apesar de a fórmula mágica exata ter sido descrita, é crime em todos os países civilizados que alguém transforme uma pessoa em rolinha murmurando as palavras usadas por Ruggedo. Não havia leis que impedissem o rei Nomo de fazer essa transformação, mas se ela for tentada em qualquer outro país, e a magia funcionar, o mágico será punido severamente.)

Quando Policromia viu o Homem-Farrapo transformado em uma rolinha e percebeu que Ruggedo estava prestes a fazer algo igualmente terrível com a princesa e Arquivos, e que Tic-Tac em breve seria derretido em um cadinho, ela virou-se e fugiu da caverna correndo pelo corredor e foi até o lugar onde Quox dormia.

UMA CONQUISTA INTELIGENTE

Os olhos do grande dragão ainda estavam fechados e ele ainda roncava de uma maneira que lembrava um trovão distante; mas Policromia agora estava desesperada, porque qualquer outro atraso significaria a destruição de seus amigos. Ela agarrou o colar de pérolas, onde o enorme medalhão estava preso, e puxou-o com toda força.

O resultado foi encorajador. Quox parou de roncar e suas pálpebras pestanejaram. Então, Policromia puxou novamente... e novamente... até que bem lentamente as enormes pálpebras se abriram e o dragão olhou para ela. Ele disse, em um tom sonolento:

– Qual o problema, pequena Arco-Íris?

– Venha depressa! – exclamou Policromia. – Ruggedo capturou todos os nossos amigos e está prestes a destruí-los.

– Ora, ora – disse Quox. – Suspeitei que isso aconteceria. Saia um pouco do meu caminho, minha cara, e correrei para a caverna do rei Nomo.

Ela deu alguns passos para trás e Quox levantou-se em suas pernas robustas, balançou sua longa cauda e em um instante tinha deslizado pelas rochas e mergulhado pela entrada.

Ele disparou pelo corredor, quase preenchendo-o completamente com seu corpo imenso, e agora colocava a cabeça dentro da caverna cheia de joias de Ruggedo.

Mas o rei já tinha há muito tomado providências para capturar o dragão, não importando quando ele aparecesse. Assim que Quox enfiou a cabeça na sala, uma corrente grossa caiu do teto e deu a volta em seu pescoço. E as pontas dela foram apertadas com muita força, pois em uma caverna adjacente, mil nomos estavam puxando-as; assim, o dragão não conseguiu avançar mais em direção ao rei. Ele não podia usar suas presas nem suas garras, e como seu corpo ainda estava no corredor, ele não tinha nem espaço para acertar seus inimigos com sua cauda terrível.

Ruggedo estava extasiado com o sucesso de seu estratagema. Ele acabara de transformar a Rosa Princesa em uma rabeca e estava prestes a transformar Arquivos no arco quando o dragão apareceu para interrompê-lo. Assim, ele gritou:

– Bem-vindo, meu caro Quox, ao meu entretenimento real. Já que está aqui, presenciará uma magia muito bem feita, e depois que eu terminar com Arquivos e Tic-Tac, pretendo transformá-lo em um lagarto minúsculo, tipo um camaleão, e você viverá na minha caverna para me divertir.

– Perdoe-me por contradizê-lo, Vossa Majestade – respondeu Quox, com uma voz baixa –, mas não acredito que fará mais nenhuma magia.

– Hã? Por que não? – perguntou o Rei, surpreso.

– Há um motivo – disse Quox. – Está vendo essa fita em meu pescoço?

– Sim; e estou chocado que um dragão respeitável use uma coisa tão tola.

– Está vendo-a bem? – continuou o dragão, com uma risadinha.

– Estou sim – afirmou Ruggedo.

– Então já não possui nenhum poder mágico, e está tão indefeso quanto um molusco – afirmou Quox. – Meu grande mestre, Tititi-Hoochoo, o Jinjin, encantou essa fita de forma que assim que Vossa Majestade olhasse para ela, todo seu conhecimento mágico o abandonaria instantaneamente, além de qualquer fórmula mágica que puder se lembrar não realizará mais o seu pedido.

– Baboseira! Não acredito em uma palavra! – gritou Ruggedo, ainda assim meio amedrontado. Ele se virou para Arquivos e tentou transformá-lo em um arco de rabeca. Mas ele não conseguia se lembrar das palavras certas ou do movimento certo das mãos, e depois de várias tentativas, ele desistiu.

Nesse momento, o rei Nomo já estava tão alarmado que secretamente tremia como vara verde.

– Eu o avisei para não irritar Tititi-Hoochoo – resmungou Kaliko. – E agora está vendo o resultado de sua desobediência.

Ruggedo imediatamente atirou seu cetro no Mordomo Real, que se desviou do objeto com sua espertza de sempre, e então disse, tentando parecer arrogante:

– Não importa; não preciso de magia para poder destruir esses invasores; fogo e espadas vão funcionar bem e eu ainda sou o rei dos nomos, senhor e amo do meu Reino Subterrâneo.

– Mais uma vez vou discordar de Vossa Majestade – disse Quox. – O Grande Jinjin ordena que o senhor parta imediatamente deste reino e procure a superfície da Terra, onde vagará eternamente, sem casa ou pátria, sem amigo ou seguidor, e sem riquezas além das que conseguir carregar em seus bolsos. O Grande Jinjin é tão generoso que permitirá que encha os bolsos com joias ou ouro, mas não deve levar nada além disso.

Ruggedo agora encarava o dragão com assombro.

– Tititi-Hoochoo me condena a um destino desses? – perguntou com uma voz rouca.

– Sim – respondeu Quox.

– E só por jogar alguns estranhos pelo Tubo Proibido?

– Só por isso – repetiu Quox, com uma voz séria e ríspida.

– Bem, eu não o farei. E seu Jinjin velho e louco tampouco pode me obrigar! – declarou Ruggedo. – Pretendo continuar aqui, como rei dos Nomos, até o fim do mundo, e desafio o seu Tititi-Hoochoo e todas as fadas, assim como seu mensageiro desastrado, que fui obrigado a acorrentar!

O dragão sorriu novamente, mas não foi o tipo de sorriso que fazia Ruggedo se sentir muito feliz. Em vez disso, havia algo tão frio e impiedoso na expressão do dragão que o rei Nomo, condenado, tremeu e sentiu uma dor no coração.

Havia pouquíssimo conforto para Ruggedo no fato de o dragão agora estar acorrentado, apesar de ter contado vantagem. Ele encarava a cabeça imensa de Quox como se estivesse fascinado, e havia medo nos olhos do velho rei enquanto vigiava os movimentos de seu inimigo.

Pois o dragão estava se movimentando agora; não abruptamente, mas como se tivesse algo para fazer e estivesse prestes a fazê-lo. Ele levantou uma garra deliberadamente, tocou a fechadura do enorme medalhão cravejado que estava pendurado em seu pescoço, o qual se abriu de imediato.

Nada de mais aconteceu a princípio; meia dúzia de ovos de galinha rolaram pelo chão e o medalhão se fechou com um clique alto. Mas o efeito desse simples acontecimento sobre os nomos foi espantoso. General Guph, Kaliko, Tormento e seu bando de carrascos estavam todos próximos à porta que levava à vasta série de cavernas subterrâneas que constituíam os domínios dos nomos, e assim que viram os ovos, soltaram um coro de gritos frenéticos e saíram correndo pela porta, batendo-a na cara de Ruggedo e travando-a com uma pesada barra de bronze.

Ruggedo, dançando com terror e gritando alto, agora pulava em seu trono para escapar dos ovos, que rolavam calmamente em sua direção. Talvez esses ovos, enviados pelo sábio e astucioso Tititi-Hoochoo, estivessem encantados de algum jeito, porque todos rolavam diretamente para Ruggedo, e quando alcançaram o trono onde ele se refugiara, começaram a rolar subindo as pernas do trono.

Isso foi demais para o rei. Seu pavor de ovos era real e absoluto, e ele deu um salto do trono para o centro da sala e fugiu para um canto distante.

Os ovos seguiram, rolando vagarosa mas continuamente em sua direção. Ruggedo jogou seu cetro neles, e depois sua coroa de rubis; e então tirou suas pesadas sandálias de ouro e atirou-as nos ovos que avançavam. Mas os ovos se desviaram de cada um dos mísseis e continuaram a aproximar-se. O rei estava tremendo, seus olhos esbugalhados com terror, até os ovos estarem a meio metro de distância; então, com um salto ágil, ele pulou sobre eles e saiu correndo para o corredor que levava à entrada exterior.

Claramente, o dragão estava em seu caminho, acorrentado no corredor com sua cabeça na caverna, mas quando viu o rei vindo em sua direção, ele abaixou-se o máximo que conseguiu e encostou o queixo no chão, deixando um pequeno espaço entre seu corpo e o teto do corredor.

Ruggedo não hesitou nem por um instante. Impelido pelo medo, saltou para o nariz do dragão e escalou até suas costas, onde conseguiu espremer-se pela abertura. Havia mais espaço depois de passar pela cabeça, e ele escorregou pelas escamas do dragão até sua cauda; aí correu o mais rápido que suas pernas conseguiam até a entrada. Sem parar ali, tamanho o medo que sentia, o rei saiu desabalado pelo caminho da montanha, mas, antes de chegar muito longe, tropeçou e caiu.

Quando se levantou, percebeu que ninguém o seguia, e enquanto recuperava o fôlego, começou a pensar no decreto de Jinjin: que ele seria expulso de seu reino e vagaria pela superfície da Terra. Bem, ali estava ele, realmente expulso da caverna; expulso por aqueles ovos terríveis; mas ele voltaria e os desafiaria; não se sujeitaria a perder seu reino precioso e seus poderes tirânicos só porque Tititi-Hoochoo ordenara que assim fizesse.

Assim, apesar de ainda estar com medo, Ruggedo juntou coragem para esgueirar-se de volta pelo caminho até a entrada, e quando chegou ali, viu os seis ovos enfileirados bem à frente da abertura arqueada.

No começo, ele ficou parado a uma distância segura para pensar na situação, pois os ovos estavam imóveis agora. Enquanto pensava no que podia ser feito, ele lembrou-se de que havia um feitiço mágico que destruiria os ovos e os deixaria inofensivos para nomos. Eram nove movimentos a serem feitos e seis versos de encantamento a serem recitados; Ruggedo sabia todos eles. Agora que tinha tempo o suficiente para ser preciso, ele executou toda a cerimônia cuidadosamente.

Mas nada aconteceu. Os ovos não desapareceram, como esperava; ele repetiu o encantamento uma segunda vez. Quando aquilo também falhou, ele lembrou-se, com um gemido de desespero, que todo o seu poder mágico fora tirado dele e que no futuro não poderia fazer nada além do que um mortal comum pode fazer.

E ali estavam os ovos, impedindo-o eternamente de chegar ao reino que ele governara por tanto tempo com controle absoluto! Jogou pedras neles, mas não acertou um só ovo. Ele desvairou e vociferou, arrancou os cabelos e a barba, e sapateou com uma paixão impotente, mas nada daquilo adiantou para evitar o julgamento justo de Jinjin, que as próprias ações malignas de Ruggedo causaram.

A partir de então tornou-se um pária, vagando pela superfície da Terra. E até se esquecera de encher os bolsos com ouro e joias antes de fugir de seu antigo reino!

REI KALIKO

Depois de o rei ter conseguido fugir, Arquivos disse para o dragão, com uma voz triste:

– Poxa vida! Por que você não chegou antes? Por estar dormindo em vez de conquistando, a adorável Rosa Princesa tornou-se uma rabeca sem arco, enquanto pobre o Homem-Farrapo está ali arrulhando, pois virou uma rolinha!

– Não se preocupe – respondeu Quox. – Tititi-Hoochoo sabe o que está fazendo, e minhas ordens vêm diretamente do Grande Jinjin. Traga a rabeca aqui e encoste-a levemente na minha fita cor-de-rosa.

Arquivos obedeceu, e no momento que a encostou na fita, o feitiço do rei Nomo foi quebrado, e a própria Rosa Princesa estava diante deles, doce e sorridente como sempre.

A rolinha, empoleirada no encosto do trono, viu e ouviu tudo isso. Então, sem precisar dizer-lhe o que fazer, ela voou direto para o dragão e pousou na fita. No instante seguinte, o Homem-Farrapo voltou a ser ele mesmo, e Quox resmungou:

– Por favor, saia de cima do meu dedão esquerdo, Homem-Farrapo, e preste mais atenção onde pisa.

– Desculpe-me! – respondeu o Homem-Farrapo, muito feliz de voltar à sua forma natural. Ele correu para levantar o diamante do peito de Tic--Tac e ajudar o Homem-Máquina a levantar-se.

– Mui-to agra-de-ci-do! – disse Tic-Tac. – On-de es-tá o rei ma-lig-no que que-ria me der-re-ter em um ca-di-nho?

– Ele se foi, e se foi para sempre – respondeu Policromia, que conseguira espremer-se para dentro da sala ao lado do dragão e observava os acontecimentos com muito interesse. – Mas me pergunto onde podem estar Betsy Bobbin e Hank, e se aconteceu algo de errado com eles.

– Precisamos procurar na caverna até encontrá-los – declarou o Homem-Farrapo; mas quando chegou à porta que levava às outras cavernas, descobriu que ela estava fechada e trancada.

– Consigo dar um empurrão bem forte com a minha cabeça – disse Quox –, e acredito que consigo quebrar essa porta, mesmo sendo feita de ouro maciço.

– Mas você é um prisioneiro, e as correntes que o envolvem estão presas em outro cômodo, então não conseguiremos soltá-lo – disse Arquivos, ansiosamente.

– Oh, não se importe com isso – respondeu o dragão. – Só continuei como um prisioneiro porque quis – e deu um passo para a frente, estourando as correntes maciças como se fossem barbantes.

Mas quando tentou empurrar a pesada porta de metal, mesmo toda sua poderosa força falhou, e depois de várias tentativas, ele desistiu e se encolheu em um canto, pensando em uma solução melhor.

– Abri-rei a por-ta – afirmou Tic-Tac, e indo ao grande gongo do rei, bateu nele até que o barulho fosse quase ensurdecedor.

Kaliko, na caverna seguinte, estava pensando no que acontecera com Ruggedo, se ele escapara dos ovos e se fora mais esperto que o dragão. Mas quando ouviu o som do gongo, que tantas vezes o convocara à presença do rei, decidiu que Ruggedo fora vitorioso; assim, tirou a barra, abriu a porta e entrou na caverna real.

Ele ficou bastante espantado ao ver que o rei não estava lá e que os encantamentos da princesa e do Homem-Farrapo tinham sido desfeitos. Mas os ovos também tinham sumido, então Kaliko foi até o dragão, que ele sabia ser o mensageiro de Tititi-Hoochoo, e curvou-se humildemente diante da besta.

– Qual sua vontade? – indagou.

– Onde está Betsy? – questionou o dragão.

– Segura, nos meus aposentos – disse Kaliko.

– Vá buscá-la! – ordenou Quox.

Assim, Kaliko foi ao quarto de Betsy e bateu na porta três vezes. A garotinha estava dormindo, mas ouviu as batidas e abriu a porta.

– Pode sair agora – disse Kaliko. – O rei fugiu em desgraça e seus amigos querem saber de você.

Betsy e Hank voltaram com o Mordomo Real à caverna do trono, onde ela foi recebida com muita alegria por seus amigos. Eles lhe contaram o que acontecera com Ruggedo, e ela relatou quão gentil Kaliko fora com ela. Quox não falou muito até o fim da conversa, quando se virou para Kaliko e perguntou:

– Acha que pode governar seus nomos melhor que Ruggedo?

– Eu? – gaguejou o Mordomo, imensamente surpreso com a pergunta. – Bem, tenho certeza de que não seria um rei pior.

– Os nomos o obedeceriam? – inquiriu o dragão.

– Claro que sim – disse Kaliko. – Eles gostam muito mais de mim do que de Ruggedo.

– Portanto, a partir de agora você será o Monarca do Metal, rei dos Nomos, e Tititi-Hoochoo espera que governe seu reino com sabedoria e bondade – disse Quox.

– Viva! – gritou Betsy. – Fico muito feliz. Rei Kaliko, eu o saúdo e desejo alegria para seu velho reino sombrio!

– Todos nós desejamos alegria a você – disse Policromia; e os outros apressaram-se para parabenizar o novo rei.

– Vai libertar meu querido irmão? – perguntou o Homem-Farrapo.

– O Feioso? De muita boa vontade – respondeu Kaliko. – Eu implorei a Ruggedo há muito tempo que o mandasse embora, mas ele não queria fazê-lo. Eu também ofereci ajuda ao seu irmão para escapar, mas ele não quis aceitar.

– Ele é tão honrado! – disse o Homem-Farrapo, muito satisfeito. – Todos da nossa família têm uma natureza muito nobre. Mas meu querido irmão está bem? – perguntou ansiosamente.

– Ele come e dorme de forma bem constante – respondeu o novo rei.

– Espero que não esteja trabalhando demais – disse o Homem-Farrapo.

– Ele não trabalha de jeito nenhum. Na verdade, não há nada que ele possa fazer neste território tão bem quanto nossos nomos, que são tantos que temos dificuldades de manter todos ocupados. Então, seu irmão só precisa se distrair.

– Ora, ele é então mais uma visita do que um prisioneiro – declarou Betsy.

– Não exatamente – respondeu Kaliko. – Um prisioneiro não pode ir aonde quer ou quando quer, nem é seu próprio senhor.

– Onde está meu irmão agora? – perguntou o Homem-Farrapo.

– Na Floresta de Metal.

– Onde fica isso?

– A Floresta de Metal é na Grande Caverna Abobadada, a maior de todas do nosso território – respondeu Kaliko. – É quase como se fosse ao ar livre de tão grande. E Ruggedo criou essa floresta maravilhosa para distrair-se, assim como para cansar seus nomos trabalhadores. Todas as árvores são de ouro e prata, e o chão é coberto por pedras preciosas, então é como um tesouro.

– Vamos imediatamente até lá para resgatar meu querido irmão – implorou o Homem-Farrapo, ansiosamente.

Kaliko hesitou.

– Não acho que consiga encontrar o caminho – disse. – Ruggedo fez três passagens secretas para a Floresta de Metal, mas ele muda o local delas toda semana, para que ninguém chegue lá sem sua permissão. Entretanto, se procurarmos bastante, talvez consigamos descobrir um desses caminhos secretos.

– Isso me sugere perguntar o que houve com a rainha Ann e os oficiais de Oogaboo – disse Arquivos.

– Isso eu certamente não sei dizer – respondeu Kaliko.

– Acha que Ruggedo acabou com eles?

– Oh, não; tenho certeza de que não fez isso. Eles caíram no fosso grande no corredor e colocamos a tampa para prendê-los lá; mas quando os carrascos foram procurá-los, tinham desaparecido do fosso e não conseguimos encontrar nem vestígio deles.

– Isso é curioso – observou Betsy, pensativa. – Não acho que Ann saiba fazer mágica, ou teria feito antes. Mas desaparecer assim parece magia, não é?

Eles concordaram, mas ninguém conseguia explicar o mistério.

– Entretanto – disse o Homem-Farrapo –, eles sumiram, isso é certo, então não podemos ajudá-los ou eles nos ajudarem. E o mais importante agora é resgatar meu irmão do cativeiro.

– Por que o chamam de Feioso? – perguntou Betsy.

– Não sei – confessou o Homem-Farrapo. – Não consigo lembrar-me muito bem da aparência dele, já que faz tanto tempo que o vi; mas todos da nossa família são reconhecidos por ter belo rosto.

Betsy riu e o Homem-Farrapo pareceu bastante magoado; mas Policromia aliviou seu embaraço dizendo suavemente:

– Uma pessoa pode ser feia, mas ter uma personalidade adorável.

– Nossa primeira tarefa – disse o Homem-Farrapo, um pouco reconfortado com essa observação – é encontrar uma dessas passagens secretas para a Floresta de Metal.

– Isso é verdade – concordou Kaliko. – Então, juntarei os nomos-chefes do reino aqui na sala do trono para dizer-lhes que sou seu novo rei. E aí posso pedir que nos auxiliem na busca pelas passagens secretas.

– Essa é uma boa ideia – disse o dragão, que parecia estar ficando sonolento novamente.

Kaliko foi até o grande gongo e bateu nele da mesma forma que Ruggedo fazia; mas ninguém atendeu à convocação.

– É claro que não – disse ele, saltando do trono, onde tinha se sentado. – Esse é o meu chamado, e eu ainda sou o Mordomo Real e continuarei sendo até nomear outro para ficar no meu lugar.

Ele saiu correndo da sala e encontrou Guph, e disse a ele para responder ao chamado do gongo do rei. Ao voltar para a caverna real, Kaliko primeiro bateu no gongo e depois sentou-se no trono, usando a coroa de rubi que Ruggedo descartara e segurando o cetro que o antigo rei tantas vezes atirara em sua cabeça.

Quando Guph entrou, ficou aturdido.

– É melhor sair do trono antes que o velho Ruggedo volte – disse, advertindo-o.

– Ele não voltará e agora eu sou o rei dos Nomos no lugar dele – anunciou Kaliko.

– Tudo isso é bastante verdadeiro – declarou o dragão, e todos os que estavam ao redor do trono curvaram-se respeitosamente diante do novo rei.

Vendo isso, Guph também se curvou, pois estava feliz de ter se livrado de um senhor tão duro quanto Ruggedo. Então, Kaliko, de uma forma muito real, informou Guph que ele seria nomeado Mordomo Real e prometeu não atirar o cetro na cabeça dele, a não ser que merecesse.

Tudo sendo resolvido muito aprazivelmente, o novo mordomo saiu para contar a novidade aos nomos do reino subterrâneo, que ficaram todos muito satisfeitos com a troca de reis.

QUOX SAI SILENCIOSAMENTE

Quando os nomos-chefes reuniram-se diante do novo rei, eles saudaram-no alegremente e prometeram obedecer às suas ordens. Mas, quando Kaliko os questionou, nenhum deles sabia o caminho para a Floresta de Metal, apesar de todos terem auxiliado em sua construção. Assim, o rei os instruiu a procurar cuidadosamente por uma das passagens e trazer a notícia assim que a encontrassem.

Enquanto isso, Quox conseguira dar ré pelo corredor rochoso e assim voltar ao ar livre e à sua posição antiga ao lado da montanha, e ali ele ficou, sobre as rochas, dormindo, até o dia seguinte. Os outros membros do grupo receberam os melhores aposentos que existiam nas cavernas dos nomos, pois o rei Kaliko sentia-se em dívida com eles por sua promoção e estava ansioso para ser o mais hospitaleiro possível.

O desaparecimento absoluto dos dezesseis oficiais de Oogaboo e da rainha deles causou muito espanto. Nenhum nomo os vira, nem foram descobertos durante a busca pelas passagens que levavam à Floresta de

Metal. Talvez ninguém estivesse infeliz com a perda deles, mas todos estavam curiosos para saber o que acontecera.

No dia seguinte, quando nossos amigos foram visitar o dragão, Quox disse a eles:

– Agora devo despedir-me de vocês, pois minha missão aqui foi cumprida e preciso voltar para o outro lado do mundo, onde é meu lar.

– Vai passar pelo Tubo novamente? – perguntou Betsy.

– Certamente. Mas será uma viagem solitária dessa vez, sem ninguém para conversar, e não posso convidar nenhum de vocês para ir comigo. Portanto, assim que escorregar para dentro daquele buraco, dormirei e, quando disparar pelo outro lado, acordarei em casa.

Eles agradeceram o dragão por sua amizade e desejaram uma boa viagem. Além disso, mandaram seus agradecimentos ao grande Jinjin, cuja condenação justa de Ruggedo serviu tão bem aos seus interesses. E Quox bocejou e esticou-se, indo em direção ao Tubo, para onde escorregou de cabeça e desapareceu.

Eles realmente sentiam-se como se tivessem perdido um amigo, pois o dragão fora gentil e sociável durante o curto tempo que passaram juntos; mas sabia que era sua obrigação voltar para seu país. Assim, eles voltaram para as cavernas para recomeçar a busca pelas passagens escondidas que levavam à floresta, mas durante três dias todos os esforços para encontrá-las foram em vão.

Era o costume de Policromia ir à montanha todos os dias e procurar seu pai, o Arco-Íris, pois estava ficando cansada de vagar pela Terra, e ansiava por juntar-se a suas irmãs em seus palácios celestes. E no terceiro dia, enquanto se sentava imóvel na ponta de uma rocha, veja só quem ela viu rastejando astutamente montanha acima? Ruggedo!

O antigo rei parecia muito desamparado. Suas roupas estavam sujas e rasgadas, e ele não tinha calçados nos pés, nem chapéu na cabeça. Ao deixar sua coroa e seu cetro para trás quando fugiu, o velho nomo não parecia mais com um rei, e sim com um mendigo.

Ruggedo esgueirou-se até a entrada das cavernas várias vezes, apenas para sempre encontrar os seis ovos ainda de guarda. Ele sabia muito bem que deveria aceitar seu destino e tornar-se um andarilho sem-teto, mas seu maior arrependimento agora era não ter enchido os bolsos com ouro e joias. Ele sabia que um andarilho com riquezas se daria muito melhor do que um pobre, então ainda perambulava por perto das cavernas, onde sabia que muitos tesouros estavam guardados, torcendo por uma chance de encher os bolsos.

Foi assim que se lembrou da Floresta de Metal.

– A-há! – disse ele para si mesmo. – Só eu sei o caminho para aquela Floresta, e uma vez que chegar lá, poderei encher meus bolsos com as joias mais finas do mundo todo.

Ele olhou para seus bolsos e lamentou serem tão pequenos. Talvez pudessem ser aumentados, para que coubessem mais coisas neles. Sabedor de que havia uma pobre mulher que vivia em uma cabana no sopé da montanha, foi até ela e implorou que costurasse bolsos por todas as suas vestes, pagando-a com um anel de diamantes que ainda usava no dedo. A mulher ficou tão feliz de possuir um anel tão valioso, que costurou tantos bolsos nas vestes de Ruggedo quanto conseguiu.

Ele então subiu a montanha novamente e, depois de olhar em volta cuidadosamente para certificar-se de que não estava sendo observado, ele tocou uma mola em uma rocha, que virou para trás vagarosamente, mostrando uma passagem larga. Ele entrou por ela, colocando a rocha de volta no lugar atrás dele.

Entretanto, Ruggedo não olhou tão cuidadosamente quanto deveria, porque Policromia não estava tão distante assim e com olhos atentos pôde perceber exatamente a maneira com que ele soltara a mola escondida.

Assim, ela levantou-se e saiu correndo para a caverna, onde contou sua descoberta para Kaliko e seus amigos.

– Não tenho dúvida alguma de que esse é um caminho para a Floresta de Metal! – exclamou o Homem-Farrapo. – Venham, vamos seguir Ruggedo imediatamente e resgatar meu pobre irmão!

Todos concordaram com isso, e o rei Kaliko reuniu um bando de nomos para auxiliá-los carregando tochas para iluminar o caminho.

– A Floresta de Metal tem uma luz brilhante própria – disse –, mas a passagem pelo vale provavelmente estará escura.

Policromia encontrou facilmente a rocha e tocou a mola, então, menos de uma hora depois de Ruggedo ter entrado, eles todos estavam na passagem e seguiram o antigo rei rapidamente.

– Tenho certeza de que ele quer roubar a Floresta – disse Kaliko. – Mas descobrirá que não tem mais importância alguma neste reino, e meus nomos vão expulsá-lo.

– Por favor, expulse-o com a maior força que conseguir – disse Betsy –, porque ele merece. Não me incomodo com um inimigo honesto e absoluto, que luta de forma justa; mas transformar garotas em rabecas e mandar que as coloquem em Cavernas Pegajosas é cruel e traiçoeiro, e Ruggedo não merece nenhuma simpatia. Mas tem que deixá-lo levar todo o tesouro que conseguir pôr em seus bolsos, Kaliko.

– Sim, foi o que o Jinjin disse; mas não vai fazer tanta falta. Tem mais tesouro na Floresta de Metal do que um milhão de nomos possam levar em seus bolsos.

Não foi difícil percorrer essa passagem, especialmente com as tochas iluminando o caminho, então o progresso foi rápido. Mas a distância provou-se bem longa, e Betsy cansou-se de andar, e estava sentada no lombo do burro quando a passagem fez uma curva abrupta e uma luz maravilhosa e gloriosa brilhou sobre eles. No momento seguinte, todos estavam na beira da incrível Floresta de Metal.

Ela ficava sob outra montanha e ocupava uma grande caverna abobadada, cujo teto era mais alto do que o campanário de uma igreja. Nesse espaço, os nomos trabalhadores construíram, durante muitos anos de labuta, a floresta mais linda do mundo. As árvores, seus troncos, galhos e folhas eram de ouro maciço, enquanto os arbustos e a vegetação rasteira eram feitos de filigrana de prata, pura e virginal. As árvores eram tão altas quanto os carvalhos vivos, e de uma fabricação fenomenal.

No chão havia uma grossa camada de gemas preciosas de todos os tons e tamanhos, enquanto aqui e ali, entre as árvores, havia caminhos ladrilhados de diamantes lapidados pela água mais límpida. Tudo somado, havia mais tesouro nessa Floresta de Metal do que em todo o resto do mundo, se desconsiderarmos a Terra de Oz, onde talvez a famosa Cidade de Esmeralda rivalize em valor.

Nossos amigos estavam tão maravilhados com a visão, que ficaram um tempo apenas observando, com uma fascinação silenciosa. E então o Homem-Farrapo exclamou.

– Meu irmão! Meu querido irmão desaparecido! Ele realmente é um prisioneiro aqui?

– Sim – respondeu Kaliko. – O Feioso está aqui há uns dois ou três anos, tenho certeza.

– Mas como ele se alimentava? – perguntou Betsy. – É um lugar incrivelmente maravilhoso para viver, mas não dá para tomar café da manhã com rubis e diamantes, nem ouro.

– Nem precisaria, minha cara – Kaliko garantiu. – A Floresta de Metal não enche toda esta enorme caverna, de forma alguma. Além dessas árvores de ouro e prata, existem outras árvores de verdade, que têm alimentos muito bons de comer. Vamos andar naquela direção, pois estou bem certo de que encontraremos o irmão do Homem-Farrapo naquela parte da caverna, e não nesta.

Eles começaram a andar pelos caminhos ladrilhados de diamantes, e a cada passo que davam, ficavam ainda mais admirados com a beleza fantástica das árvores douradas com suas copas brilhantes.

Subitamente, ouviram um grito. Joias espalharam-se em todas as direções na medida em que alguém escondido entre os arbustos escapava diante deles. Então uma voz alta gritou: "Alto!" e ouviu-se o som de uma luta.

UM IRMÃO TÍMIDO

Com corações acelerados, todos foram adiante e, depois de um grupo de árvores de metal imponentes, chegaram a uma cena completamente espantosa.

Lá estava Ruggedo nas mãos dos oficiais de Oogaboo. Uma dúzia deles segurava com força o velho nomo, apesar de seus esforços para escapar. A rainha Ann também estava lá, olhando cruelmente para a cena de luta; mas quando percebeu seus antigos companheiros se aproximando, ela se virou de forma envergonhada.

Pois Ann e seus oficiais eram realmente uma visão a ser contemplada. A roupa de Sua Majestade, que já fora tão rica e maravilhosa, agora estava gasta e rasgada, graças ao longo tempo rastejando pelo túnel, que, aliás, trouxera-a diretamente à Floresta de Metal. Na verdade, ele era uma das três passagens secretas, e de longe a mais difícil delas. Ann não só rasgara sua bela saia e casaco, mas sua coroa tinha se entortado e estava danificada, e até mesmo seus sapatos estavam tão lascados e retalhados, que quase saíam de seus pés.

Os oficiais estavam ainda piores do que sua líder, pois suas calças tinham buracos nos joelhos, enquanto pontas afiadas de rochas no teto e nas laterais do túnel transformaram cada centímetro dos uniformes brilhantes em retalhos. Nunca um exército saiu de uma batalha mais esfarrapado e infeliz do que estas vítimas inofensivas saíram da passagem rochosa. Mas ela parecera a única forma de escapar do cruel rei Nomo; portanto, eles continuaram rastejando, apesar de todo o sofrimento.

Quando chegaram à Floresta de Metal, viram mais despojos do que jamais tinham imaginado; ainda assim, eram prisioneiros nesse imenso domo e não conseguiriam escapar com todas as riquezas que se amontoavam ao redor deles. É provável que nunca tenha existido um grupo de "conquistadores" mais infeliz e com saudades de casa do que esse bando de Oogaboo.

Depois de vários dias vagando por essa prisão esplêndida, eles ficaram amedrontados ao descobrirem que Ruggedo estava no meio deles. Desesperados pela triste situação em que se encontravam, os oficiais demonstraram coragem pela primeira vez desde que saíram de casa e, desinformados de que Ruggedo não era mais o rei dos nomos, atiraram-se em cima dele e, quando seus companheiros de aventura chegaram, tinham acabado de capturá-lo.

– Deus do céu! – exclamou Betsy. – O que aconteceu com vocês?

Ann adiantou-se para cumprimentá-los, infeliz e indignada.

– Fomos obrigados a escapar do fosso por um pequeno túnel, forrado de rochas pontudas e afiadas – disse ela –, e não só nossas roupas ficaram completamente esfarrapadas, mas nós estamos com o corpo todo machucado, dolorido e fraco. Para piorar a nossa situação, percebemos que ainda somos prisioneiros; mas agora que conseguimos capturar o maligno Monarca do Metal, vamos forçá-lo a nos libertar.

– Ruggedo não é mais o Monarca do Metal, nem rei dos Nomos – informou-a Arquivos. – Ele foi deposto e expulso de seu reino por Quox; mas há um novo rei e seu nome é Kaliko, e fico feliz em informar Vossa Majestade de que ele é nosso amigo.

– É certamente um prazer conhecer Vossa Majestade – disse Kaliko, curvando-se tão cortesmente como se a rainha ainda estivesse com suas esplêndidas vestes.

Ao ouvirem essa explicação, os oficiais libertaram Ruggedo; mas como ele não tinha para onde ir, ficou ali encarando seu antigo servo, que agora era rei em seu lugar, de uma forma humilde e suplicante.

– O que está fazendo aqui? – perguntou Kaliko, sério.

– Ora, prometeram-me todo o tesouro que eu conseguisse carregar nos meus bolsos – respondeu Ruggedo –, então vim aqui buscá-lo, para não perturbar Vossa Majestade.

– Você foi ordenado a ir embora do país dos nomos para sempre! – afirmou Kaliko.

– Eu sei; e irei assim que encher meus bolsos – disse Ruggedo.

– Então encha-os e saia daqui – respondeu o novo rei.

Ruggedo obedeceu. Abaixando-se, ele começou a pegar punhados de joias e enfiá-las em seus muitos bolsos. Eram muito pesados esses diamantes, rubis, esmeraldas e ametistas e outras gemas do tipo, então logo ele estava cambaleando com o peso que carregava, enquanto os bolsos ainda não estavam cheios. Quando ele não conseguia mais se abaixar sem cair, Betsy, Policromia e a Rosa Princesa vieram ajudá-lo, catando as melhores gemas e colocando-as nos bolsos dele.

Finalmente, todos os bolsos estavam cheios, e Ruggedo era uma visão cômica, pois certamente nenhum homem jamais tivera tantos bolsos, muito menos ainda cheios com uma coleção de pedras preciosas. Ele não agradeceu às garotas por sua ajuda, mas acenou secamente em despedida e saiu cambaleando pelo mesmo caminho que viera. Eles deixaram-no ir em silêncio, pois mesmo com tudo o que pegara, os montes de joias no chão mal pareciam ter sido mexidos, tantas joias havia ali. Além disso, esperavam ter visto o ultrajado rei pela última vez.

– Estou felicíssima de ele ter ido embora – disse Betsy, suspirando profundamente. – Se ele não for inconsequente e gastar seu tesouro de forma irresponsável, quando chegar a Oklahoma, terá o suficiente para abrir um banco.

– Mas... e meu irmão... Meu querido irmão! Onde está ele? – indagou o Homem-Farrapo, ansioso. – Você o viu, rainha Ann?

– Como é seu irmão? – perguntou a rainha.

O Homem-Farrapo hesitou em responder, mas Betsy disse:

– Ele é chamado de Feioso. Talvez isso ajude.

– A única pessoa que vimos nessa caverna fugiu de nós todas as vezes que nos aproximamos – disse Ann. – Ele se esconde daquele lado, no meio das árvores que não são de ouro, e não conseguimos ver seu rosto. Então, não posso dizer se ele é ou não feio.

– Deve ser meu querido irmão! – exclamou o Homem-Farrapo.

– Sim, deve ser – assentiu Kaliko. – Ninguém mais vive nesse domo esplêndido, então não tem como ser outra pessoa.

– Mas por que ele se esconde no meio daquelas árvores verdes, em vez de aproveitar todas essas douradas e brilhantes? – perguntou Betsy.

– Porque no meio das árvores naturais ele encontra comida – respondeu Kaliko. – E eu me lembro de que ele construiu uma casinha ali, para dormir. Quanto a essas árvores douradas e brilhantes, admito que sejam muito bonitas quando vistas pela primeira vez. Não tem como não as admirar, assim como as joias valiosas espalhadas entre elas; mas se tiver sempre de olhar para elas, logo perdem a graça.

– Acho que é verdade – declarou o Homem-Farrapo. – Meu querido irmão é muito sábio por preferir as árvores reais às imitações. Mas venham; vamos até lá procurá-lo.

O Homem-Farrapo saiu imediatamente em direção ao arvoredo verde, e os outros o seguiram, curiosos por testemunhar o resgate final do irmão que estava havia tanto tempo perdido e que ele muito procurava.

Não muito longe da beira do arvoredo, chegaram a uma pequena cabana, engenhosamente construída com gravetos e galhos de ouro entremeados. Ao se aproximarem dela, vislumbraram uma forma que correu para dentro da cabana e bateu a porta atrás dela.

O Homem-Farrapo correu para a porta e gritou:

– Irmão! Irmão!

– Quem é? – respondeu uma voz oca e triste de dentro da cabana.

– Sou eu, o Homem-Farrapo, seu amado irmão, que o tem procurado por muito tempo e agora veio resgatá-lo.

– É tarde demais! – respondeu a voz melancólica. – Ninguém pode me resgatar agora.

– Oh, mas você está enganado – disse o Homem-Farrapo. – Há um novo rei dos nomos, chamado Kaliko, no lugar de Ruggedo, e ele prometeu libertá-lo.

– Libertar-me! Não me atrevo a ser livre! – disse o Feioso, com uma voz desesperada.

– Por que não, irmão? – perguntou o Homem-Farrapo, ansioso.

– Sabe o que fizeram comigo? – veio a resposta através da porta fechada.

– Não. Conte-me irmão, o que fizeram?

– Quando Ruggedo me capturou, eu ainda era muito bonito. Você se lembra, meu irmão?

– Não muito, irmão; você era tão jovem quando eu saí de casa. Mas me lembro que mamãe achava-o lindo.

– Ela tinha razão! Tenho certeza disso – lamentou o prisioneiro. – Mas Ruggedo queria me machucar... queria me deixar feio para os olhos do mundo... então, ele fez um encanto maligno. Quando fui dormir, era lindo... para ser bem modesto, vou dizer que era apenas bem apessoado... e quando acordei na manhã seguinte, era o homem mais feio do mundo inteiro! Sou tão repulsivo que quando olho no espelho me assusto comigo mesmo.

– Pobre irmão! – disse o Homem-Farrapo baixinho, e todos os outros ficaram calados, por simpatia.

– Fiquei com tanta vergonha da minha aparência que tentei me esconder – continuou a voz do irmão do Homem-Farrapo –, mas o cruel rei Ruggedo me forçou a aparecer diante de toda a legião de nomos, para quem disse: "Vejam o Feioso!" Mas quando os nomos viram meu rosto, todos eles começaram a rir e zombar, o que impediu que continuassem suas tarefas. Ao ver isso, Ruggedo ficou bravo e me empurrou para dentro de um túnel, fechando a entrada com uma rocha para que eu não saísse. Eu percorri o túnel inteiro até chegar a esse domo gigantesco, onde fica a esplendorosa Floresta de Metal, e continuei aqui desde então.

– Pobre irmão! – repetiu o Homem-Farrapo. – Mas imploro que saia e nos encare, nós que somos seus amigos. Ninguém aqui vai rir ou zombar. Por mais feio que você possa ser.

– Absolutamente não – todos acrescentaram, implorando.

Mas o Feioso recusou o convite.

– Não consigo, realmente não consigo encarar estranhos, feio desse jeito – disse.

O Homem-Farrapo virou-se para o grupo ao seu redor.

– O que devo fazer? – perguntou com um tom infeliz. – Não posso deixar meu querido irmão aqui, e ele se recusa a sair daquela casa e nos encarar.

– Tenho uma ideia – respondeu Betsy. – Fale para ele pôr uma máscara.

– Exatamente a ideia que eu estava procurando! – exclamou o Homem-Farrapo, alegremente; e aí ele disse: – Irmão, coloque uma máscara no rosto e nenhum de nós conseguirá vê-lo.

– Não tenho máscara alguma – respondeu o Feioso.

– Aqui, ele pode usar meu lenço – disse Betsy.

O Homem-Farrapo olhou para o quadradinho de pano e balançou a cabeça.

– Não é grande o suficiente – rejeitou ele. – Com certeza não é grande o suficiente para esconder o rosto de um homem. Mas ele pode usar o meu.

Ao dizer isso, ele tirou seu próprio lenço do bolso e foi até a porta da cabana.

– Aqui, meu irmão – disse –, pegue este lenço e use como máscara. Também vou passar minha faca, para que você corte buracos para os olhos, e então você deve amarrá-lo sobre seu rosto.

A porta abriu-se lentamente, apenas o suficiente para que o Feioso colocasse sua mão para fora e pegasse o lenço e a faca. E então fechou-se novamente.

– Não se esqueça de fazer um buraco para o nariz – gritou Betsy. – Você precisa respirar, sabe.

Houve silêncio por um tempo. A rainha Ann e seu exército sentaram-se no chão para descansar. Betsy sentou-se no lombo de Hank. Policromia dançava levemente pelos caminhos ladrilhados de joias. Arquivos e a princesa passeavam pelos arvoredos de braços dados. Tic-Tac, que nunca se cansava, ficou imóvel.

Em pouco tempo, ouviu-se um barulho de dentro da cabana.

– Está pronto? – perguntou o Homem-Farrapo.

– Sim, irmão – foi a resposta, e a porta abriu-se para o Feioso sair.

Betsy teria rido alto se não tivesse se lembrado do quanto o irmão do Homem-Farrapo era sensível ao ridículo, pois o lenço com o qual ele estava mascarado era vermelho com grandes bolas brancas. Ele tinha feito dois buracos nele, na frente dos olhos, e dois buracos menores na frente das narinas para que pudesse respirar. O tecido foi esticado diante do rosto do Feioso e amarrado em sua nuca.

Ele usava roupas que um dia foram boas, mas agora estavam tristemente gastas e esgarçadas. Suas meias de seda estavam furadas, e seus sapatos estavam puídos e precisavam ser engraxados.

– Mas o que podíamos esperar se o pobre homem foi prisioneiro por tantos anos? – sussurrou Betsy.

O Homem-Farrapo adiantou-se para abraçar o irmão recém-encontrado com os dois braços. O irmão o abraçou de volta, e foi levado e apresentado para o grupo reunido.

– Esse é o novo rei Nomo – disse o Homem-Farrapo quando chegou perto de Kaliko. – Ele é nosso amigo e garantiu sua liberdade.

– Isso foi muito gentil – respondeu o Feioso com uma voz triste. – Mas temo voltar ao mundo nesta condição horrorosa. A não ser que fique eternamente mascarado, meu rosto terrível quebraria todos os espelhos e pararia todos os relógios.

– Não podemos quebrar o feitiço de algum jeito? – perguntou Betsy.

O Homem-Farrapo olhou ansiosamente para Kaliko, que balançou a cabeça.

– Estou certo de que não consigo quebrar esse feitiço – disse. – Ruggedo gostava muito de magia e aprendeu vários encantamentos que nós nomos não conhecemos nem um pouco.

– Talvez o próprio Ruggedo pudesse quebrar o seu feitiço – sugeriu Ann. – Mas infelizmente permitimos que o velho rei escapasse.

– Não ligue para isso, querido irmão – disse o Homem-Farrapo, consolando-o. – Estou muito feliz por reencontrá-lo, por mais que nunca mais possa ver seu rosto. Então, vamos aproveitar essa reunião jubilosa.

Feioso emocionou-se com esse discurso tão caloroso, e as lágrimas começaram a molhar o lenço vermelho; então, o Homem-Farrapo gentilmente as enxugou com a manga de seu casaco.

BEIJOS GENTIS

– Não ficará imensamente infeliz de deixar esse lugar adorável? – perguntou Betsy para o Feioso.

– Na verdade, não – respondeu ele. – Joias e ouro são coisas frias e impiedosas, e estou certo de que em pouco tempo morreria de solidão se não tivesse encontrado essa floresta natural na beira da artificial. De qualquer forma, sem essas árvores de verdade, em pouco tempo teria morrido de fome.

Betsy olhou para as árvores delicadas a seu redor.

– Isso que eu não consigo entender – admitiu. – O que você achava para comer aqui?

– A melhor comida do mundo inteiro – respondeu Feioso. – Vê esse arvoredo à sua esquerda? – acrescentou ele, apontando. – Bem, não crescem árvores assim no seu país, ou em qualquer outro lugar que não seja esta caverna. Eu as nomeei "Árvores Hotel", porque dão um tipo de fruta *table d'hôte*[5] chamada "Noz Refeição Completa".

---

[5] Tipo de cardápio em que a comida é servida como uma refeição completa a um preço fixo, mas com pouca escolha de pratos. (N.T.)

– Isso é engraçado! – disse Betsy. – Como são essas "Nozes Refeição Completa"?

– Elas têm a aparência de sementes de cacau – explicou o Feioso. – Tudo o que precisa fazer é colher uma, sentar-se e comer seu jantar. Primeiro, você desenrosca a parte de cima e encontrará uma porção de sopa bem gostosa. Quando termina a sopa, você desenrosca a parte do meio e acha um espaço cheio de carne, batatas, vegetais e uma salada deliciosa. Depois de comer essa parte, você desenrosca a próxima e chega à sobremesa no fundo da noz. E com isso, quero dizer, torta e bolo, bolachas e queijo, e nozes e passas. As Nozes Refeição Completa não têm todas o mesmo sabor ou conteúdos, mas são todas muito gostosas, e em cada uma delas há um jantar completo.

– Mas e o café da manhã? – indagou Betsy.

– Ora, existem as Árvores de Desjejum para isso, que crescem bem ali à direita. Elas dão nozes, como as outras, só que elas contêm café ou chocolate quente, em vez de sopa; mingau em vez de carne e batatas; e frutas em vez de sobremesa. Por mais triste que a minha vida tenha sido nessa prisão maravilhosa, devo admitir que ninguém viveria melhor do que vivi aqui, nem mesmo no melhor hotel do mundo. Mas ficarei muito feliz de estar ao ar livre novamente e ver o bom e velho Sol, a grama verde e macia, e as flores que são beijadas pelo orvalho matinal. Ah, como todas essas coisas abençoadas são mais adoráveis do que o brilho das gemas ou o brilho gelado do ouro!

– É claro – disse Betsy. – Eu conheci uma vez um garotinho que queria pegar sarampo, porque todos os outros garotinhos da vizinhança, menos ele, tinham pegado, e ele estava muito infeliz por não conseguir pegar, por mais que tentasse. Então, tenho certeza de que as coisas que queremos e não podemos ter fazem mal para nós. Não é verdade, Homem-Farrapo?

– Nem sempre, minha cara – respondeu ele, sério. – Se não quiséssemos coisa alguma, nunca conseguiríamos nada, bom ou ruim. Acho que nossos anseios são naturais, e se agirmos como a natureza nos motiva a agir, não podemos errar tanto assim.

– Na minha opinião – disse a rainha Ann –, o mundo seria um lugar horrível sem ouro e joias.

– Todas as coisas são boas por elas mesmas – disse o Homem-Farrapo –, mas podemos ter em excesso as coisas boas. E tenho notado que o valor de qualquer coisa depende de sua escassez e da dificuldade em obtê-la.

– Perdoe-me por interrompê-lo – disse o rei Kaliko, juntando-se a eles –, mas agora que resgatamos o irmão do Homem-Farrapo, gostaria de voltar para minha caverna real. Sendo o rei dos Nomos, tenho a obrigação de cuidar dos meus inquietos súditos e garantir que eles estejam se comportando.

Assim, todos eles se viraram e começaram a andar pela Floresta de Metal em direção ao outro lado da grande caverna abobadada, por onde entraram. O Homem-Farrapo e seu irmão caminhavam lado a lado, e ambos pareciam exultantes agora que estavam juntos depois de sua longa separação. Betsy nem se atrevia a olhar para o lenço vermelho de bolinhas, por medo de rir alto; então ela caminhava atrás dos dois irmãos e guiava Hank, segurando firme sua orelha esquerda.

Quando finalmente chegaram ao lugar onde a passagem levava ao mundo exterior, a rainha Ann disse, de uma forma hesitante que não era comum para ela:

– Não conquistei este País dos Nomos, nem espero conquistar; mas gostaria de pegar algumas dessas belas joias antes de ir embora.

– Fique à vontade, senhora – disse o rei Kaliko, e imediatamente os oficiais do exército tiraram vantagem de sua permissão real e começaram a encher os bolsos, enquanto Ann amarrava um monte de diamantes em um grande lenço.

Depois de terminarem, todos entraram na passagem, primeiro os nomos para iluminarem o caminho com suas tochas. Não tinham ido muito longe quando Betsy exclamou:

– Ora, tem joias aqui também!

Todos olharam para baixo e acharam uma trilha de joias espalhada pelo chão rochoso.

– Isso é esquisito! – disse Kaliko, muito surpreso. – Devo mandar um dos meus nomos catar essas gemas e recolocá-las na Floresta de Metal, que é o lugar delas. Como será que vieram parar aqui?

Por toda a passagem eles encontraram essa trilha de joias, mas quando chegaram perto do fim, o mistério foi explicado. Pois ali, agachado no chão, com suas costas encostadas na parede rochosa, estava o velho Ruggedo, ofegando e bufando como se estivesse exausto. Então perceberam que ele tinha derrubado as joias de seus vários bolsos, pois tinham rasgado um por um por causa do peso que traziam enquanto ele cambaleava pela passagem.

– Mas não me incomodo – disse Ruggedo, suspirando profundamente. – Agora percebo que não poderia carregar tanto peso muito longe, mesmo que tivesse conseguido escapar dessa passagem com tudo aquilo. A mulher que costurou os bolsos em minhas vestes usou uma linha ruim, e me lembrarei disso.

– Ainda tem alguma joia? – indagou Betsy.

Ele olhou em alguns dos bolsos restantes.

– Algumas – respondeu –, mas serão o suficiente para satisfazer meus desejos, e não tenho mais desejo algum de ser rico. Se algum de vocês puder gentilmente me ajudar a me levantar daqui, irei embora e deixarei vocês, pois sei que todos me odeiam e preferem ficar sozinhos a ficar em minha companhia.

O Homem-Farrapo e Kaliko levantaram o velho rei, quando então ele confrontou o irmão do Homem-Farrapo pela primeira vez. A aparência estranha e inesperada do Feioso assustou Ruggedo de tal forma que ele soltou um grito agudo e começou a tremer, como se tivesse visto um fantasma.

– Quem... quem é esse? – gaguejou ele.

– Sou aquele prisioneiro indefeso que sua mágica cruel transformou um belo homem em um homem horrendo! – respondeu o irmão do Homem-Farrapo, com uma voz séria de reprovação.

– Realmente, Ruggedo – disse Betsy –, você deveria se envergonhar desse truque maléfico.

– E me envergonho, minha cara – admitiu Ruggedo, que agora estava tão dócil e humilde quanto cruel e vingativo fora no passado.

– Então – devolveu a garota – seria melhor você fazer mais uma magia e devolver a esse pobre homem o rosto que tinha antes dessa magia.

– Queria poder – respondeu o velho rei –, mas deve se lembrar de que Tititi-Hoochoo retirou todos os meus poderes mágicos. Mesmo assim, eu nunca me preocupei em aprender como quebrar o encanto que lancei sobre o irmão do Homem-Farrapo, pois minha intenção era que ele ficasse feio para sempre.

– Todo encanto tem um antídoto – observou a bela Policromia –, e se você conhecia esse encanto de feiura, deveria saber como desfazê-lo.

Ele balançou a cabeça.

– Se eu sabia... eu me esqueci – gaguejou, arrependido.

– Tente pensar! – implorou o Homem-Farrapo, ansiosamente. – Por favor, tente pensar!

Ruggedo coçou o cabelo com ambas as mãos, suspirou, bateu no peito, esfregou a orelha e encarou o grupo estupidamente.

– Tenho uma leve lembrança de que havia algo que quebraria o feitiço – disse –, mas a falta de sorte confundiu tanto meu cérebro que não consigo me lembrar do que era.

– Veja bem, Ruggedo – disse Betsy, secamente –, tratamos você muito bem até agora, mas não vamos aguentar essa baboseira, e se sabe o que é bom para você, vai pensar nesse feitiço!

– Por quê? – indagou ele, virando-se para olhar para a garota, admirado.

– Porque significa muito para o irmão do Homem-Farrapo. Ele está terrivelmente envergonhado de si mesmo, do jeito que está agora, e a culpa é sua. A verdade, Ruggedo, é que fez tantas maldades em sua vida que fazer um ato de bondade agora não vai machucá-lo.

Ruggedo piscou olhando para ela, suspirou novamente e tentou pensar com muito afinco.

– Parece que me lembro, vagamente – disse ele –, que um certo tipo de beijo quebraria o encanto da feiura.

– Que tipo de beijo?

– Que tipo? Ora, era... era... era o beijo de uma donzela mortal; ou... ou o beijo de uma donzela mortal que um dia tivesse sido uma fada; ou... ou o beijo de uma que ainda seja uma fada. Não consigo me lembrar de qual. Mas é claro, nenhuma donzela, mortal ou fada, jamais consentiria em beijar uma pessoa tão feia, tão horrivelmente, terrivelmente, tenebrosamente feia quanto o irmão do Homem-Farrapo.

– Não tenho tanta certeza assim – disse Betsy com uma coragem admirável. – Sou uma donzela mortal, e se é o meu beijo que quebrará esse encanto horrível, eu... eu o beijarei!

– Oh, você realmente não conseguirá – protestou Feioso. – Eu serei obrigado a retirar minha máscara e, ao ver meu rosto, nada poderá convencê-la a me beijar, por mais generosa que seja.

– Bem, quanto a isso – disse a garota –, não preciso nem ver seu rosto. Eis o meu plano: você fica nessa passagem escura e mandamos os nomos embora com suas tochas. Então, você tira seu lenço, e eu... eu o beijarei.

– Isso é extremamente gentil da sua parte, Betsy! – disse o Homem-Farrapo, agradecido.

– Bem, com certeza não vai me matar – respondeu ela –, e se deixar você e seu irmão felizes, estou disposta a correr alguns riscos.

Assim, Kaliko ordenou que os nomos que levavam as tochas saíssem da passagem, o que fizeram rapidamente, passando pela abertura na rocha. A rainha Ann e seu exército também saíram, mas os outros estavam tão interessados no experimento de Betsy que continuaram agrupados na porta da passagem. Quando a grande rocha voltou ao seu lugar, fechando bem a abertura, eles ficaram na escuridão completa.

– Agora, então – disse Betsy em uma voz alegre –, já tirou o lenço do rosto, Feioso?

– Sim – respondeu ele.

– Bem, onde está você então? – perguntou ela, esticando os braços.

– Aqui – disse ele.

– Você sabe que vai ter que se abaixar, não é?

Ele encontrou as mãos dela e segurando-as nas suas, abaixou-se até que seu rosto estivesse próximo ao da garotinha. Os outros ouviram um beijo alto e claro, e então Betsy exclamou:

– Pronto! Eu o beijei e não doeu nem um pouquinho!

– Diga-me, meu querido irmão, o feitiço se quebrou? – perguntou o Homem-Farrapo.

– Não sei – foi a resposta. – Pode ou não ter se quebrado. Não sei dizer.

– Alguém tem um fósforo? – perguntou Betsy.

– Tenho vários – disse o Homem-Farrapo.

– Então dê um para Ruggedo acender e olhar para o rosto do seu irmão, enquanto todos nós viramos as costas. Ruggedo enfeiou o seu irmão, então imagino que possa aguentar o horror de olhar para ele, caso o feitiço não tenha se quebrado.

Concordando com o plano, Ruggedo pegou um fósforo e o acendeu. Deu uma olhada e o apagou.

– Continua feio como sempre! – disse, tremendo. – Então não era o beijo de uma donzela mortal no fim das contas.

– Deixe-me tentar – propôs a Rosa Princesa, com sua voz doce. – Sou uma donzela mortal que já foi uma fada. Talvez meu beijo quebre o encanto.

Arquivos não aprovava completamente essa ideia, mas era generoso demais para interferir. Assim, a Rosa Princesa tateou pela escuridão até chegar ao irmão do Homem-Farrapo e o beijou.

Ruggedo acendeu outro fósforo, enquanto todos viravam de costas.

– Não – anunciou o antigo rei –, isso também não quebrou o encanto. Deve ser necessário o beijo de uma fada... ou então minha memória fracassou completamente.

– Polly – disse Betsy, suplicante –, você pode tentar?

– Mas é claro que sim! – respondeu Policromia, com uma risada alegre. – Nunca beijei um homem mortal em todos esses milhares de anos da minha existência, mas farei isso para agradar nosso fiel Homem-Farrapo, cuja afeição altruísta pelo irmão feio merece ser recompensada.

Enquanto falava, Policromia tropeçou levemente até chegar ao lado do Feioso e tocou rapidamente sua bochecha com seus lábios.

– Oh, obrigado... muito obrigado! – chorou ele ardentemente. – Eu mudei dessa vez, eu sei. Posso sentir! Estou diferente. Homem-Farrapo... meu caro... sou eu mesmo novamente!

Arquivos, que estava perto da abertura, tocou a mola que soltava a grande pedra e ela subitamente rolou para trás e deixou entrar um jorro de luz do dia.

Todo mundo estava imóvel, encarando o irmão do Homem-Farrapo, que, sem aquela máscara de lenço vermelho de bolinhas, encarava-os de volta com um sorriso satisfeito.

— Bem — disse o Homem-Farrapo, finalmente quebrando o silêncio, respirando fundo e com muita satisfação —, você não é mais o Feioso, meu querido irmão; mas, para ser completamente franco com você, o seu rosto é mais belo do que deveria ser.

— Eu acho que ele é bastante bonito — declarou Betsy, observando o homem criticamente.

— Em comparação com o que era — disse o rei Kaliko —, ele é realmente lindo. Vocês, que nunca viram sua feiura, talvez não entendam; mas tive a má-sorte de olhar para o Feioso muitas vezes, e digo novamente, em comparação com o que ele era, o homem agora é lindo.

— Muito bem — respondeu Betsy, energicamente —, vamos ter que acreditar na sua palavra, Kaliko. E agora vamos sair desse túnel e voltar para o mundo novamente.

A MUDANÇA DE RUGGEDO

Não levou muito tempo para chegarem à caverna do rei Nomo, onde Kaliko ordenou que servissem a eles as melhores bebidas que havia ali.

Ruggedo veio atrás do resto do grupo, e enquanto ninguém prestou muita atenção ao velho rei, ninguém também objetou a presença dele ou ordenou que fosse embora. Ele observou amedrontado para verificar se os ovos ainda vigiavam a entrada, mas eles tinham desaparecido; assim, ele esgueirou-se para dentro da caverna atrás dos outros e sentou-se humildemente em um canto da sala.

Betsy encontrou-o ali. Todos os companheiros da garotinha estavam tão felizes agora com o sucesso da jornada do Homem-Farrapo em busca do irmão, e a risada e a alegria pareciam tão espalhadas, que o coração de Betsy amoleceu com relação ao velho homem abandonado, que um dia fora um péssimo inimigo, e ela então levou para ele um pouco de comida e de bebida. Os olhos de Ruggedo encheram-se de lágrimas com essa gentileza inesperada. Ele segurou a mão da garota nas suas e a apertou agradecendo.

– Veja bem, Kaliko – disse Betsy, dirigindo-se ao novo rei –, qual a necessidade de ser severo com Ruggedo? Ele perdeu todo seu poder mágico, não pode prejudicar mais ninguém, e tenho certeza de que está arrependido por ter sido tão ruim com todo mundo.

– Está arrependido? – perguntou Kaliko, olhando para seu antigo amo.

– Estou – disse Ruggedo. – A garota fala a verdade. Sinto muito e sou inofensivo. Não quero vagar por todo o mundo, sobre o chão, pois sou um nomo. Nenhum nomo pode ser feliz em qualquer lugar que não seja o subterrâneo.

– Sendo assim – disse Kaliko –, permitirei que fique aqui, desde que se comporte; mas se tentar fazer o mal novamente, vou expulsá-lo, como Tititi-Hoochoo ordenou, e terá de vagar por aí.

– Não se preocupe, vou me comportar – prometeu Ruggedo – Dá muito trabalho ser um rei, e mais trabalho ainda ser um rei bom. Mas agora que sou um nomo comum, tenho certeza de que conseguirei viver uma vida ilibada.

Todos ficaram muito satisfeitos ao ouvir isso e ao saber que Ruggedo tinha realmente mudado.

– Espero que ele mantenha sua palavra – sussurrou Betsy para o Homem-Farrapo –, mas se agir mal novamente, estaremos muito longe do Reino dos Nomos e Kaliko terá que cuidar sozinho do velho nomo.

Policromia estivera um pouco inquieta pelas últimas horas. A adorável filha do Arco-Íris sabia que fizera tudo em seu poder para ajudar seus amigos terrestres, então começou a ansiar por sua casa celeste.

– Acho que está começando a chover – disse ela, depois de ouvir com atenção. – O rei da Chuva é meu tio, vocês sabem, e talvez tenha lido minha mente e vindo me ajudar. De qualquer forma, preciso olhar o céu para ter certeza.

Assim, ela deu um salto e saiu correndo pelo corredor, todos seguiram-na e agruparam-se em uma saliência na parede da montanha. E realmente nuvens escuras preenchiam o céu, e uma chuva fina e lenta tinha começado.

– Não vai durar muito tempo – disse o Homem-Farrapo, olhando para cima –, e quando passar perderemos nossa doce fadinha que aprendemos a amar. Oh, tristeza – continuou ele, depois de um momento –, as nuvens já estão se abrindo no Oeste e... Olhem ali! Não é o Arco-Íris saindo?

Betsy não olhava para o céu; ela olhava para Policromia, cujo rosto feliz e sorridente certamente pressentia a chegada de seu pai para levá-la aos Palácios Celestes. No momento seguinte, um brilho de sol invadiu a montanha e um Arco-Íris lindíssimo apareceu.

Com um grito de felicidade, Policromia saltou na ponta de uma rocha e estendeu os braços. O Arco-Íris desceu imediatamente até que sua ponta estivesse aos pés dela, quando ela pulou nele com um salto gracioso e foi agarrada por suas irmãs radiantes, as Filhas do Arco-Íris. Mas Policromia soltou-se para inclinar-se sobre a beira do arco brilhante e acenar, sorrir e mandar dúzias de beijos para seus antigos companheiros.

– Adeus! – disse ela, e todos eles disseram o mesmo de volta e acenaram as mãos para a bela amiga.

Lentamente, o arco magnífico levantou-se e derreteu, misturando-se ao céu, até que os olhos dos observadores viam apenas fofas nuvens voejando pelo azul.

– Sinto muitíssimo por ver Policromia ir embora – disse Betsy, que tinha vontade de chorar –, mas imagino que ela estará muito mais feliz com suas irmãs nos Palácios Celestes.

– Com certeza – respondeu o Homem-Farrapo, acenando seriamente. – É o lar dela no fim das contas, e os pobres andarilhos sem lar, como nós, devem entender o que isso significa para ela.

– Um dia eu também tive um lar – disse Betsy. – Agora, só tenho... só... só o velho e querido Hank!

Ela envolveu seu amigo peludo, que não era humano, em um abraço, e ele zurrou em um tom que mostrava entender o que ela sentia. E o amigo peludo, que era humano, fez um cafuné carinhoso na menina e disse:

– Está enganada quanto a isso, minha querida Betsy, nunca abandonarei você.

– Nem eu! – exclamou o irmão do Homem-Farrapo, em um tom sincero.

A garotinha olhou para eles, agradecida, e seus olhos sorriam através das lágrimas.

– Muito bem – disse ela. – Está chovendo novamente, então voltemos para a caverna.

Um pouco tristes, pois todos amavam Policromia e sentiriam sua falta, voltaram para os domínios do rei Nomo.

DOROTHY ESTÁ FELICÍSSIMA

– Bem – disse a rainha Ann, quando todos estavam novamente sentados na caverna real de Kaliko –, imagino o que faremos agora. Se pudesse encontrar meu caminho de volta para Oogaboo, levaria meu exército para casa imediatamente, pois estou exausta com todas essas dificuldades.

– Não quer conquistar o mundo? – perguntou Betsy.

– Não; mudei de ideia – admitiu a rainha. – O mundo é grande demais para uma pessoa só conquistar, e estava mais feliz com meu povo em Oogaboo. Eu queria... oh, como eu queria... estar lá de novo neste exato momento!

– Eu também! – gritaram todos os oficiais fervorosamente.

Agora é hora de o leitor saber que na distante Terra de Oz, a amável governante, Ozma, estivera seguindo as aventuras de seu Homem-Farrapo, Tic-Tac e todos os outros que eles encontraram pelo caminho. Todos os dias, Ozma, com o maravilhoso Mágico de Oz sentado a seu lado, olhava um quadro mágico em uma moldura de rádio, que ocupava um lado dos aposentos aconchegantes da governante no palácio da Cidade das

Esmeraldas. A característica peculiar desse quadro mágico era que ele mostrava qualquer cena que Ozma quisesse ver, com todas as figuras se movendo, exatamente enquanto acontecia. Assim, Ozma e o Mágico assistiram a todas as ações dos aventureiros, desde o momento em que o Homem-Farrapo encontrara Betsy e Hank naufragados no reino das Rosas, quando a Rosa Princesa, uma prima distante de Ozma, fora exilada por seus súditos sem coração.

Quando Ann e seu povo desejaram tão sinceramente voltar para Oogaboo, Ozma sentiu pena deles e lembrou-se de que Oogaboo era um pedaço da Terra de Oz. Ela virou-se para seu companheiro e perguntou:

– Sua magia não pode levar essas pessoas infelizes de volta para casa, Mágico?

– Pode sim, Vossa Alteza – respondeu o pequeno Mágico.

– Acho que a pobre rainha sofreu o suficiente com seu esforço atrapalhado de conquistar o mundo – disse Ozma, sorrindo com o absurdo daquela ideia. – Então, sem dúvida, ela ficará contente em seu pequeno reino daqui para a frente. Por favor, mande-a para lá, Mágico, juntamente com seus oficiais e o soldado Arquivos.

– E a Rosa Princesa? – perguntou o Mágico.

– Mande-a para Oogaboo com Arquivos – respondeu Ozma. – Eles tornaram-se tão bons amigos que estou certa de que ficariam muito infelizes caso se separassem.

– Muito bem – disse o Mágico, e sem qualquer confusão ou mistério, ou qualquer coisa do gênero, fez um rito mágico que foi simples e efetivo. Portanto, aqueles que estavam sentados na caverna do rei Nomo ficaram surpresos e embasbacados quando todas as pessoas de Oogaboo subitamente desapareceram do cômodo, a Rosa Princesa junto com elas. A princípio, eles não entenderam coisa alguma; mas em pouco tempo o Homem-Farrapo suspeitou da verdade, e acreditando que Ozma agora estava interessada no grupo, pegou um instrumento minúsculo de seu bolso e colocou-o na orelha.

Ozma, observando essa ação em seu quadro mágico, imediatamente pegou um objeto similar de cima de uma mesa a seu lado e segurou-o em sua própria orelha. Os dois instrumentos registravam as mesmas vibrações delicadas de som e formavam um telefone sem fio, uma invenção do Mágico. Eles podiam separar-se por qualquer distância e ainda assim o aparelho permitia uma conversa com perfeita facilidade e sem nenhuma conexão de fio.

– Está me ouvindo, Homem-Farrapo? – perguntou Ozma.

– Sim, Vossa Alteza – respondeu ele.

– Mandei as pessoas de Oogaboo de volta para o pequeno vale delas – declarou a governante de Oz –, então não precisa se preocupar com seu desaparecimento.

– Foi muito gentil de sua parte – disse o Homem-Farrapo. – Mas Vossa Alteza deve permitir-me relatar que a minha missão aqui terminou. Encontrei meu irmão desaparecido e ele agora está a meu lado, livre do encantamento de feiura que Ruggedo lançara nele. Tic-Tac serviu fielmente a mim e aos meus companheiros, como ordenou que ele fizesse, e espero que transporte o Homem-Máquina de volta à Terra das Fadas de Oz agora.

– Farei isso – respondeu Ozma. – Mas e quanto a você, Homem-Farrapo?

– Tenho sido muito feliz em Oz – disse –, mas minha obrigação com outras pessoas me força a exilar-me dessa terra maravilhosa. Um dos motivos é que preciso cuidar do meu irmão, e eu também tenho uma nova companheira, uma garotinha muito amável chamada Betsy Bobbin, que não tem para onde voltar e nenhum outro amigo além de mim e um burrinho chamado Hank. Eu prometi a Betsy que nunca a abandonaria enquanto ela precisasse de um amigo, assim, devo renunciar aos prazeres da Terra de Oz para sempre.

Ele disse isso com um suspiro de arrependimento. Ozma não respondeu e apenas colocou o minúsculo instrumento em sua mesa, interrompendo assim a comunicação com o Homem-Farrapo. Mas a amável governante de Oz continuava assistindo ao seu quadro mágico, com uma expressão pensativa no rosto, e o pequeno Mágico de Oz observava Ozma e sorria gentilmente para si mesmo.

Na caverna do rei Nomo, o Homem-Farrapo colocou o telefone sem fio de volta no bolso e, virando-se para Betsy, disse com a voz mais alegre que conseguiu:

– Bem, companheirinha, o que faremos agora?

– Tenho certeza de que não sei – respondeu ela com uma expressão confusa. – Sinto-me um pouco triste por nossas aventuras terem acabado, porque eu gostei delas, e agora que a rainha Ann e seu povo foram embora, e Policromia também, e... céus! Cadê o Tic-Tac, Homem-Farrapo?

– Ele também desapareceu – disse o Homem-Farrapo, olhando em torno da caverna e acenando a cabeça sabiamente. – Neste momento, deve estar no palácio de Ozma, na Terra de Oz, que é o lar dele.

– Não é seu lar também? – perguntou Betsy.

– Costumava ser, minha querida; mas agora meu lar é onde você e meu irmão estiverem. Somos andarilhos, você sabe, mas se permanecermos juntos, estou certo de que seremos felizes.

– Então – disse a garota –, vamos embora dessa caverna subterrânea abafada, em busca de novas aventuras. Tenho certeza de que parou de chover.

– Estou pronto – disse o Homem-Farrapo, e eles então deram adeus ao rei Kaliko e agradeceram por sua ajuda, e saíram pela entrada do corredor.

O céu agora estava limpo e azul-brilhante; o Sol brilhava e até mesmo este país acidentado e rochoso parecia maravilhoso após passarem um tempo confinados no subterrâneo. Só havia quatro deles agora, Betsy e Hank, e o Homem-Farrapo e seu irmão, e o pequeno grupo desceu a montanha e seguiu um caminho apagado, que levava em direção ao sudoeste.

Durante esse tempo, Ozma estava em conferência com o Mágico, e mais tarde com Tic-Tac, que a magia do Mágico rapidamente transportou para o palácio de Ozma. Tic-Tac só tinha elogios para Betsy Bobbin, dizendo "que ela é quase tão boa quanto a própria Dorothy".

– Vamos chamar Dorothy – disse Ozma, e convocando sua serva preferida, cujo nome era Jellia Jamb, pediu que chamasse a princesa Dorothy para vir até ela imediatamente. Assim, algum tempo depois, Dorothy entrou nos aposentos de Ozma e a cumprimentou, e também ao Mágico e a Tic-Tac com o mesmo sorriso gentil e jeito simples que conquistou o amor de todos que conheceram a garota.

– Queria me ver, Ozma? – perguntou ela.

– Sim, minha querida. Não sei como agir e gostaria do seu conselho.

– Não acho que ele valha muito, mas farei o meu melhor – respondeu Dorothy. – Qual é o problema, Ozma?

– Vocês todos sabem quão sério é admitir mortais nesta Terra de Fadas de Oz – disse ela, dirigindo-se a seus três amigos. – É verdade que convidei vários mortais para morar aqui, e todos eles provaram ser súditos verdadeiros e leais. Na verdade, nenhum de vocês três era nativo de Oz. Dorothy e o Mágico chegaram aqui dos Estados Unidos, e Tic-Tac veio da Terra de Ev. Mas ele claramente não é mortal. O Homem-Farrapo também é do mesmo lugar e é a causa de toda a minha preocupação, pois nosso querido amigo não voltará para cá abandonando os novos amigos que encontrou em suas mais recentes aventuras, porque acredita que precisam dele.

– O Homem-Farrapo sempre foi muito gentil – observou Dorothy. – Mas quem são esses novos amigos que ele encontrou?

– Um é o irmão dele, que foi um prisioneiro do rei Nomo, nosso velho inimigo Ruggedo, por vários anos. Esse irmão parece ser alguém gentil e honesto, mas nunca fez nada digno de garantir um lar na Terra de Oz.

– Quem mais? – perguntou Dorothy.

– Contei a você sobre Betsy Bobbin, a garotinha que naufragou, quase do mesmo jeito que você, e desde então seguiu o Homem-Farrapo em busca do irmão dele desaparecido. Você se lembra dela, não é?

– Oh, sim! – exclamou Dorothy. – Observei Hank e ela muitas vezes no quadro mágico, sabe? Ela é uma queridinha, e o velho Hank também! Onde estão eles agora?

– Olhe aqui e veja – respondeu Ozma, sorrindo com o entusiasmo da amiga.

Dorothy virou-se para o quadro, que mostrava Betsy e Hank, com o Homem-Farrapo e seu irmão caminhando pelas trilhas rochosas de um país árido.

– Parece-me que estão bem longe de qualquer lugar para dormir, ou de quaisquer coisas boas para comer – disse ela, pensativa.

– Está certa – disse Tic-Tac. – Estive naquele país e é realmente um território ermo.

– É o País dos Nomos, que são tão maldosos que ninguém quer viver perto deles – explicou o Mágico. – Receio que o Homem-Farrapo e seus amigos passarão por muitas dificuldades antes de saírem daquele lugar rochoso, a não ser...

Ele se virou para Ozma e sorriu.

– A não ser que eu peça que transporte todos eles até aqui? – perguntou ela.

– Sim, Vossa Alteza.

– Sua magia pode fazer isso? – perguntou Dorothy.

– Acho que sim – disse o Mágico.

Tic-Tac de Oz

– Bem – disse Dorothy –, quanto a Betsy e Hank, eu gostaria de ter os dois aqui em Oz. Seria tão divertido ter uma garota da minha idade para brincar comigo, sabe? E Hank é um burro tão bonzinho!

Ozma riu da expressão ansiosa nos olhos da garota, e então puxou a menina para si e lhe deu um beijo.

– Mas eu não sou sua amiga também? E não brinco com você? – perguntou ela.

– Sabe o quanto eu a amo, Ozma! – chorou ela. – Mas você é tão ocupada com governo de toda esta Terra de Oz, que não podemos estar sempre juntas.

– Eu sei, minha querida. Minha primeira obrigação é com meus súditos, e acho que seria um prazer para todos nós ter Betsy aqui conosco. Tem uma bela suíte de cômodos de frente com os seus onde ela pode viver, e construirei uma baia de ouro para Hank no estábulo onde o Cavalete vive. E aí apresentaremos o burro para o Leão Covarde e o Tigre Faminto, e tenho certeza de que logo se tornarão amigos. Mas não posso aceitar Betsy e Hank em Oz sem aceitar também o irmão do Homem-Farrapo.

– E, caso não aceite o irmão do Homem-Farrapo, acabará por deixá-lo fora daqui, e gostamos tanto dele – disse o Mágico.

– Bem, por que não o aceitar? – perguntou Tic-Tac.

– A Terra de Oz não é um refúgio para todos os mortais com problemas – explicou Ozma. – Não quero ser rude com o Homem-Farrapo, mas o irmão dele não tem direito nenhum aqui.

– A Terra de Oz não está cheia – sugeriu Dorothy.

– Então aconselha que eu aceite o irmão do Homem-Farrapo? – indagou Ozma.

– Bem, não podemos perder nosso Homem-Farrapo, podemos?

– Não, de jeito nenhum! – respondeu Ozma. – O que acha, Mágico?

– Estou preparando minha magia para transportar todos eles.

– E você, Tic-Tac?

– O irmão do Homem-Farrapo é uma boa pessoa, e também não podemos abrir mão do Homem-Farrapo.

– Então, o problema está resolvido – decidiu Ozma. – Faça sua magia, Mágico!

E ele começou a fazer, colocando um prato de prata em cima de um pequeno apoio e sobre o prato jogou uma pequena quantidade de pó cor-de-rosa que estava em um frasco de cristal. Então murmurou um encantamento bastante difícil que a Bruxa Glinda, a Boa, o ensinara, e tudo terminou em uma nuvem de fumaça perfumada vinda do prato de prata. Essa fumaça tinha um perfume tão forte que fez Ozma e Dorothy esfregarem os olhos por um momento.

– Perdoe esses vapores desagradáveis – disse o Mágico. – Garanto a vocês que a fumaça é uma parte muito necessária da minha magia.

– Vejam! – gritou Dorothy, apontando para o Quadro Mágico. – Eles se foram! Todos eles desapareceram.

De fato, o quadro agora mostrava a mesma paisagem rochosa de antes, mas as três pessoas e o burro tinham desaparecido de lá.

– Eles desapareceram – disse o Mágico, polindo o prato de prata e embrulhando-o em um tecido delicado –, porque estão aqui.

Naquele instante, Jellia Jamb entrou no quarto.

– Vossa Alteza – disse para Ozma – o Homem-Farrapo e outro homem estão na sala de espera e pediram para apresentar seus respeitos à senhora. O Homem-Farrapo está chorando como um bebê, mas diz que são lágrimas de alegria.

– Mande-os entrar imediatamente, Jellia! – ordenou Ozma.

– Além disso – continuou a serva –, uma garota e um pequeno burro chegaram misteriosamente, mas não parecem saber onde estão ou como chegaram. Devo mandá-los entrar também?

A TERRA DO AMOR

— Ora, você só sabe zurrar? — perguntou o Cavalete enquanto examinava Hank com seus olhos de nó e lentamente balançava o rabo, que era um galho.

Eles estavam em um belo estábulo na parte de trás do palácio de Ozma, onde o Cavalete de madeira, bastante vivo, vivia em uma baia de painéis de ouro, e onde havia espaço para o Leão Covarde e o Tigre Faminto com almofadas macias para deitarem, e gamelas de ouro em que comiam.

Além da baia do Cavalete, colocaram outra para Hank, o burro. Essa não era tão bela assim, já que o Cavalete era o corcel preferido de Ozma; mas Hank tinha várias almofadas para usar como cama (que o Cavalete não tinha, já que nunca dormia) e todo esse luxo era tão estranho para o pequeno burro, que ele só conseguia ficar parado e olhar ao seu redor e para seus companheiros maravilhado e aturdido.

O Leão Covarde, parecendo muito digno, estava esticado no piso de mármore do estábulo, observando Hank com um olhar calmo e crítico, enquanto o Tigre Faminto estava agachado ali perto, parecendo igualmente interessado no novo animal que acabara de chegar. O Cavalete, de pé e bastante formal diante de Hank, repetiu sua pergunta:

– Você só sabe zurrar?

Hank mexeu as orelhas, embaraçado.

– Nunca disse algo além disso, até agora – respondeu e começou a tremer de medo por ter ouvido a própria voz.

– Entendo isso muito bem – disse o Leão, balançando sua imensa cabeça de um lado para o outro. – Coisas estranhas acontecem nesta Terra de Oz, assim como em todos os lugares. Acredito que veio do mundo de fora, frio e civilizado, não foi?

– Foi sim – respondeu Hank. – Um minuto eu estava fora de Oz... e no outro eu estava dentro! Foi o suficiente para me dar um choque nervoso, como podem suspeitar; mas perceber que consigo falar, como Betsy fala, é um prodígio que me deixa desnorteado.

– É porque está na Terra de Oz – disse Cavalete. – Todos os animais falam neste país abençoado, e você deve admitir que isso é mais sociável do que o seu zurro terrível que ninguém consegue entender.

– As mulas o entendem muito bem – afirmou Hank.

– Oh, certamente! Então deve haver outras mulas no seu mundo fora daqui – disse o Tigre, bocejando sonolento.

– Existem muitas nos Estados Unidos – disse Hank. – Você é o único tigre em Oz?

– Não – reconheceu o Tigre. – Tenho vários parentes que vivem no País da Selva; mas sou o único tigre que mora na Cidade das Esmeraldas.

– Existem outros leões também – disse Cavalete –, mas sou o único cavalo dentre todos, de qualquer tipo que seja, nesta terra privilegiada.

– Por isso esta terra é privilegiada – disse o Tigre. – Deve entender, amigo Hank, que o Cavalete é convencido assim porque suas ferraduras são de ouro e porque nossa amada governante, Ozma de Oz, gosta de montar nele.

– Betsy anda montada em mim – declarou Hank, com orgulho.

– Quem é Betsy?

– A garota mais amável e doce do mundo inteiro!

O Cavalete bufou com irritação e bateu no chão com seus pés dourados. O Tigre abaixou-se e rosnou. Vagarosamente, o grande Leão levantou-se, com sua juba arrepiada.

– Amigo Hank – disse –, ou você está enganado na sua opinião ou está tentando nos enganar de propósito. A garota mais amável e doce do mundo inteiro é a nossa Dorothy, e eu lutarei contra qualquer um, animal ou humano, que se atreva a dizer o contrário!

– Eu também! – grunhiu o Tigre, mostrando duas fileiras de enormes dentes brancos.

– Vocês todos estão enganados! – afirmou o Cavalete, com uma voz de desprezo. – Nenhuma garota viva pode se comparar com a minha ama, Ozma de Oz!

Hank virou-se lentamente, até suas patas traseiras estarem na direção dos outros. Então, disse com teimosia:

– Não estou enganado quanto ao que disse, nem admitirei que possa existir uma garota viva mais doce do que Betsy Bobbin. Se quiserem brigar, podem vir... estou pronto para vocês!

Enquanto eles hesitavam, observando os cascos de Hank com dúvida, uma gargalhada alegre e ruidosa assustou os animais, e virando a cabeça, eles viram três garotas amáveis paradas bem na entrada ricamente entalhada do estábulo. No meio estava Ozma, abraçada à cintura de Dorothy e de Betsy. Ozma era quase meia cabeça mais alta que as outras duas garotas, que quase não diferiam entre si em tamanho. Sem serem vistas, elas ouviram a conversa dos animais, que fora uma experiência bastante estranha para a pequena Betsy Bobbin.

– Suas bestas tolas! – exclamou a governante de Oz, em um tom de voz gentil, mas repreendendo-os. – Por que deveriam brigar para nos defender, nós que somos três amigas que se amam e não temos rivalidade alguma? Respondam-me! – continuou ela, enquanto eles abaixavam a cabeça, envergonhados.

– Tenho o direito de expressar minha opinião, Vossa Alteza – explicou-se o Leão.

– Assim como os outros – respondeu Ozma. – Fico feliz de você e o Tigre Faminto amarem mais a Dorothy, já que ela foi a primeira amiga e companheira de vocês. Além disso, fico muito satisfeita de o Cavalete me amar mais, pois passamos juntos por alegrias e tristezas. Hank provou que é fiel e leal defendendo sua pequena ama; assim, todos vocês estão certos por um lado e errados por outro. Nossa Terra de Oz é uma terra de amor, e aqui a amizade é mais importante do que qualquer outra qualidade. Se todos vocês não puderem ser amigos, também não terão nosso amor.

Eles aceitaram essa bronca bem mais mansos.

– Muito bem – disse o Cavalete, bem alegre –, vamos apertar os cascos, amigo burro.

Hank tocou o casco do cavalo de madeira com o seu.

– Vamos ser amigos e esfregar nossos focinhos – disse o Tigre. Então, Hank esfregou seu focinho no da grande besta modestamente.

O Leão simplesmente acenou com a cabeça e disse, enquanto se abaixava diante do burro:

– Qualquer amigo da nossa amada governante é um amigo do Leão Covarde. Esse parece ser o seu caso. Sempre que precisar de ajuda ou de um conselho, amigo Hank, pode contar comigo.

– Ora, é assim que deve ser – disse Ozma, satisfeita ao vê-los completamente reconciliados. Ela então virou-se para suas companheiras: – Venham, minhas queridas, vamos continuar nosso passeio.

Quando se viraram, Betsy disse pensativa:

– Todos os animais em Oz falam assim como nós?

– Quase todos – respondeu Dorothy. – Tem uma galinha amarela aqui, e ela fala, assim como seus pintinhos; e tem uma gatinha cor-de-rosa lá em cima no meu quarto que fala muito bem; mas eu tenho um cachorrinho preto peludo, chamado Totó, que está comigo em Oz há muito tempo, e nunca disse palavra alguma além do seu latido.

– Sabe o motivo? – perguntou Ozma.

– Ora, ele é um cãozinho do Kansas; então imagino que seja diferente desses animais de fada – disse Dorothy.

– Hank não é um animal de fada, não mais que o Totó – falou Ozma –, mas assim que entrou sob o encantamento da nossa terra das fadas, ele descobriu que podia falar. Foi do mesmo jeito com Billina, a galinha amarela que você trouxe aqui daquela vez. O mesmo feitiço afetou o Totó, eu lhe garanto; mas ele é um cãozinho sábio e enquanto entende tudo que é dito para ele, prefere não falar.

– Deus do céu! – exclamou Dorothy. – Nunca suspeitei de que Totó estivesse me enganando por todo esse tempo – ela então tirou um apito prateado do seu bolso e produziu uma nota aguda nele. Um instante depois, ouviram um som de passos apressados e um cachorro preto peludo veio correndo pelo caminho.

Dorothy abaixou-se na frente dele e disse, balançado o dedo acima do seu focinho:

– Totó, sempre fui boa para você, não fui?

Totó olhou para ela com seus olhos pretos brilhantes e balançou a cauda.

– Au-au! – disse ele, e Betsy imediatamente soube que ele queria dizer sim, assim como Dorothy e Ozma também souberam, pois o tom da voz de Totó era inconfundível.

– Essa é uma resposta de cachorro – disse Dorothy. – Você gostaria, Totó, se eu só conversasse com você através de latidos?

Totó balançava a cauda furiosamente agora, mas ele não produzia nenhum outro som.

– Mas, Dorothy, ele fala com o latido e com a cauda tão bem quanto nós – disse Betsy. – Você não entende essa linguagem de cachorro?

– Claro que entendo – respondeu Dorothy. – Mas Totó tem que ser mais sociável. Olhe aqui, senhor! – continuou ela, dirigindo-se ao cachorro – Acabei de saber, pela primeira vez, que você pode dizer palavras, se quiser. Você não quer, Totó?

Totó deu um latido que significava "não".

– Nem mesmo uma só palavra, Totó, para provar que é como todos os outros animais em Oz?

Outro latido.

– Apenas uma palavra, Totó... e aí você pode ir embora.

Ele encarou-a por um instante.

– Muito bem. Estou indo! – disse ele, e saiu correndo tão rápido quanto uma flecha.

Dorothy bateu as mãos com prazer, enquanto Betsy dava risadas com a felicidade dela e o sucesso de seu experimento. De braços dados, elas caminharam pelos belos jardins do palácio, onde flores magníficas desabrochavam abundantemente e fontes borrifavam água prateada bem alto. E logo mais, quando viraram uma esquina, encontraram o Homem-Farrapo e seu irmão, sentados em um banco dourado.

Os dois levantaram-se para curvar-se respeitosamente quando a governante de Oz aproximou-se deles.

– O que está achando da Terra de Oz? – perguntou Ozma ao estranho.

– Estou muito feliz aqui, Vossa Alteza – respondeu o irmão do Homem-Farrapo. – Além disso, sou muito grato à senhora por me permitir viver neste lugar encantador.

– Deve agradecer ao Homem-Farrapo por isso – disse Ozma. – Por ser irmão dele é que o recebi bem.

– Quando conhecer melhor meu irmão – disse o Homem-Farrapo, sinceramente –, ficará satisfeita por ele ter se tornado um de seus leais súditos. Eu mesmo estou me familiarizando com ele e vejo muitas coisas admiráveis em seu caráter.

Deixando os irmãos, Ozma e as garotas continuaram o passeio. Em pouco tempo, Betsy exclamou:

– Não tem como o irmão do Homem-Farrapo não estar tão feliz em Oz quanto eu. Sabia, Dorothy, que eu nem acreditava que qualquer garota pudesse ser tão feliz quanto eu sou agora? Em lugar algum?

– Eu sei – respondeu Dorothy. – Também me senti assim, muitas vezes.

– Gostaria que todas as garotinhas do mundo pudessem viver na Terra de Oz – disse Betsy, sonhadora –, e todos os garotinhos também!

Ozma riu quando ela disse isso.

– É muito bom para nós, Betsy, que seu desejo não possa ser realizado – disse ela –, pois toda essa multidão de garotas e garotos se aglomeraria aqui e teríamos que ir embora.

– Sim – concordou Betsy, depois de pensar um pouco –, acho que é verdade.